書下ろし

三十石船

取次屋栄三《えいざ》⑮

岡本さとる

祥伝社文庫

目次

『三十石船』の舞台

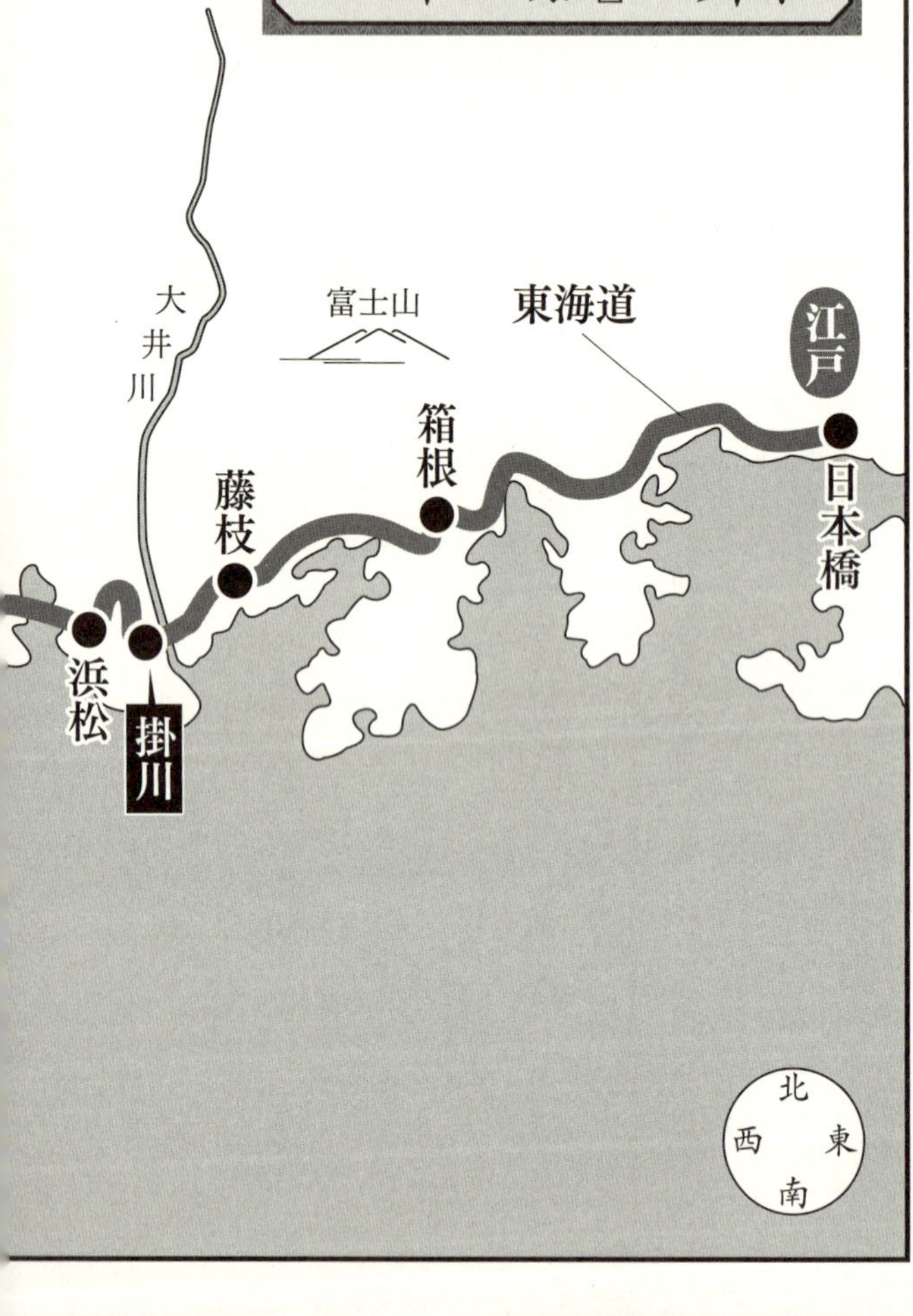

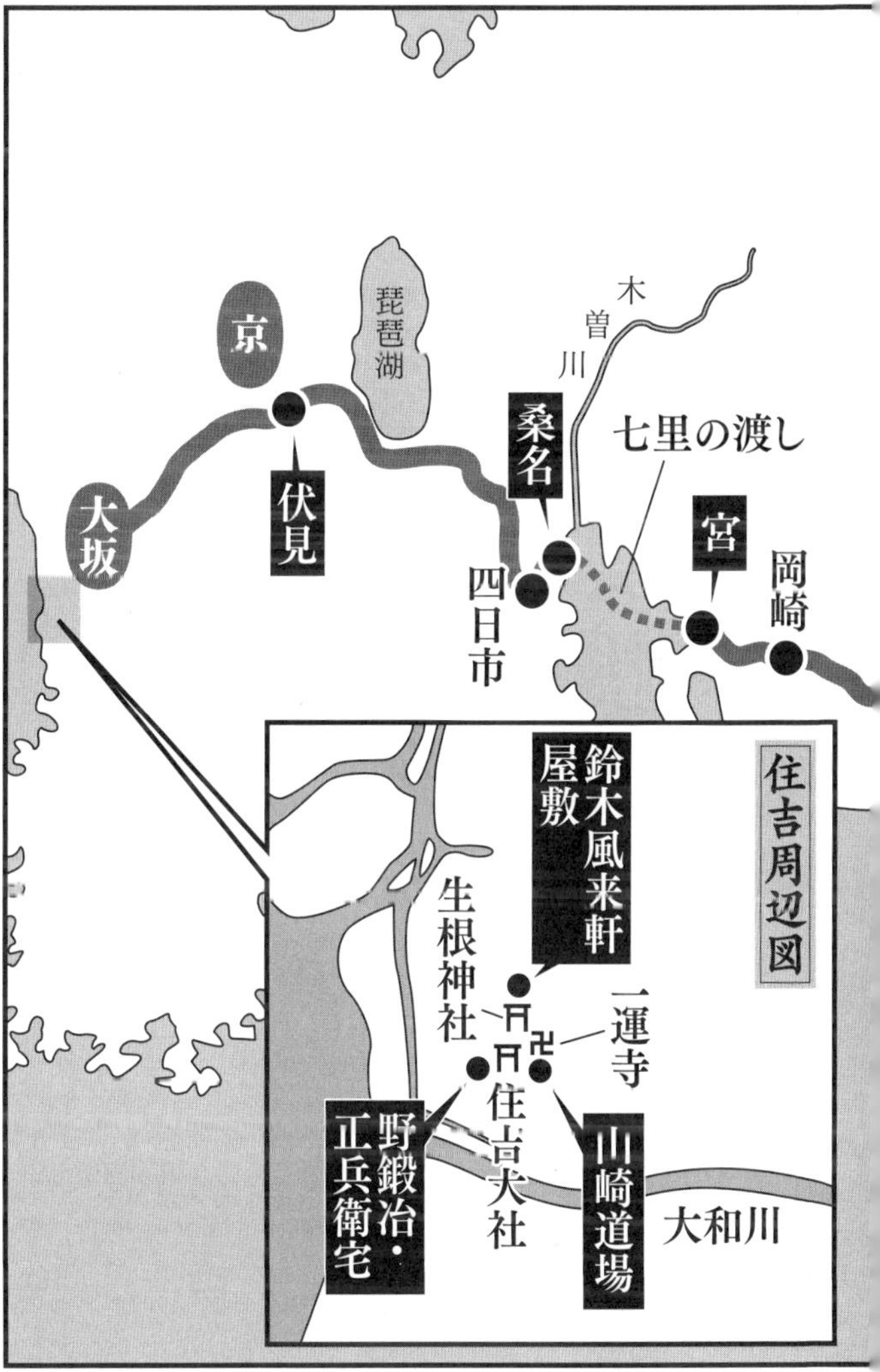
京
琵琶湖
木曽川
大坂
伏見
桑名
七里の渡し
宮
岡崎
四日市
住吉周辺図
鈴木風来軒屋敷
生根神社
一運寺
住吉大社
野鍛治・正兵衛宅
山崎道場
大和川

地図作成／三潮社

第一話　東海道《とうかいどう》　情けの掛川《かけがわ》

一

冬晴れである。

人馬の通行が乾いた路面に砂埃《すなぼこり》を舞い上げている。

風はいささか冷たいが、歩き詰《づ》めの身にはそれも心地がよかった。

ここは東海道《とうかいどう》の路上。間もなく二十六番目の宿場町、掛川《かけがわ》へ差しかかろうというところである。

「旦那《だんな》、あっしなんかがお供をして、よかったんですかねえ……」

又平《またへい》が、ここ数日の決まり文句を楽しそうに言った。

「好《い》いも悪いもねえよ。一度お前と一緒に大坂《おおざか》へ帰ってみたかったのさ」

秋月栄三郎《あきづきえいざぶろう》がこれに応《こた》える。

ちょっと小粋《こいき》な浪人と町の者の旅姿――。

二人は江戸を発《た》ち、栄三郎の生家がある大坂へと向かっていた。

秋月栄三郎は、京橋《きょうばし》の南、水谷町《みずたにちょう》に手習い所と剣術道場が合わさった〝手習い道場〟を構えている。

手習いが終ると、町の物好き相手に剣術を指南するわけだが、それだけでは心許《こころもと》ないので、人助けを兼ねて武士と町人を取次ぎ、人の絆《きずな》を繋《つな》ぐ〝取次屋〟の裏看板をあげている。

それらを手伝う又平と共に、ここで気楽な独り身の暮らしを送っているのだが、手習い子達の手前、二人して長旅などなかなか出来るものではなかった。

それが先頃、大坂住吉大社鳥居前《すみよしたいしゃとりいまえ》で野鍛冶《のかじ》を営《いとな》む父・正兵衛《しょうべえ》から便《たよ》りがあった。

かつて栄三郎が通っていた剣術道場の師・山崎島之助《やまざきしまのすけ》が、このところどうも具合がよくないというのである。

十五の時に、気楽流剣客《きらくりゅうけんかく》・岸裏伝兵衛《きしうらでんべえ》に見出《みいだ》され、生まれ育った大坂を出て、江戸で剣術修行に励《はげ》んだ秋月栄三郎であったが、彼の剣の原点はこの山崎道場にあった。

武士に憧《あこが》れ、子供の頃から剣術に取《と》り憑《つ》かれた野鍛冶の倅《せがれ》を、島之助は笑いもせずじつによく面倒を見てくれたものだ。

江戸に出てからは、十年ほど前に岸裏伝兵衛の供で大坂へ行って以来、長く島之助には会っていなかった。

父・正兵衛の声も、五年前に正兵衛が江戸に遊山《ゆさん》に来て以来聞いていない。

別段、〝直《す》ぐにこい〟とも文《ふみ》には書いていなかったが、栄三郎にとっては気になる一事であり、どうにも落ち着かず大坂行きを決めたのだ。

ちょうど同じ頃。紆余曲折《うよきょくせつ》を経《へ》て、剣友・松田新兵衛《まつだしんべえ》が、栄三郎の剣の弟子である、呉服店・田辺屋宗右衛門《たなべやそうえもん》の娘・お咲《さき》と夫婦になった。

これによって、松田新兵衛は日本橋通南《にほんばしどおりみなみ》三丁目にあった浪宅を出て、本材木町《ほんざいもく》五丁目の岸裏道場に移ることになった。

ここに宗右衛門の肝煎《きもいり》で、新兵衛、お咲夫婦の住まいを建て増すと決まったのである。

しかし、その普請《ふしん》の間の仮住まいが必要となり、栄三郎と又平が旅に出ている間、夫婦して〝手習い道場〟に暮らせば一石二鳥ではないかと、留守を引き受けてくれたのである。

これによって、今はお咲が手習い師匠の代役を務《つと》めてくれている。

岸裏道場の師範代である新兵衛はなかなかに多忙であるが、手習い道場で暮らすならば、日暮れてからお咲と二人だけの稽古《けいこ》の時を過ごすことも出来よう。

「新兵衛め、幸せにだらしのない顔になっているのではないか」

栄三郎は、道中そんな話を又平にしながら剣友・松田新兵衛と、剣の弟子であるお咲の幸せを祈っていたのだ。

「だが何だな、どうも新兵衛がいねえと、心細くていけねえな」

栄三郎は、調子よく歩みを進めながら又平に言った。

思えばここ四年近くの間、岸裏伝兵衛門下の剣友・松田新兵衛はいつも栄三郎の傍《そば》にいてくれた。

融通《ゆうずう》が利《き》かず、何かというと栄三郎の極楽蜻蛉《とんぼ》ぶりを叱《しか》り、再び剣で身を立てるようにと迫ってくる厄介《やっかい》な男であるが、その存在は真《まこと》に頼もしい。

仁王《におう》のような威厳と強さを湛《たた》えながら、男らしいやさしさをもって、何度も栄三郎を助けてくれた。

「あの男が傍にいると、旅の間は恐いもんなしだからな」

「そのかわり、あの先生が一緒だとなかなか宿場で羽目《はめ》をはずすわけにはいきませんぜ」

「ははは、違《ちげ》えねえや、人ってものは勝手だな。日頃は堅い奴だと言いながら、ちょいと離れると、あのむさ苦しさが恋しくなる……」

「へへへ、まったくだ。だが旦那、代わりと言っちゃあ叱られるが、何かの折はあの先生を頼みにしたらどうです」

又平は道の先を指さした。

街道の脇《わき》に掛茶屋が出ていて、表の床几《しょうぎ》に腰をかけ休息をしている一人の武士がいた。

袖無《そでな》し羽織《ばおり》に野袴《のばかま》。旅の剣客然とした四十絡みの武士である。

「なるほど、又平、そいつがいいや……」

栄三郎はにこりと笑って、足早に茶屋へ寄ると、

「これは手島《てじま》先生、またお会いしましたな……」

武士に人懐っこい目を向けた。

「おお、栄三《えいざ》殿か。そのうちに通るのではないかと思うておりましたぞ」

この手島先生とは、箱根《はこね》の関所や、大井川《おおいがわ》の渡しなど、東海道を上る道中に何度か出会って時を同じくした。

待合場で騒いだり悪態《あくたい》をつく者などがいれば、遠慮なく叱りつけるところなどが松田新兵衛を思い出させ、栄三郎はこの硬骨漢《こうこつかん》に親しみを覚えた。

話してみると、彼は手島信二郎《しんじろう》という神道無念流《しんとうむねん》の浪人剣客で、京《きょう》の剣術道場に招かれての途上だという。

秋月栄三郎が気楽流・岸裏伝兵衛の弟子であると聞いて、

「岸裏先生には随分《ずいぶん》と前に一度だけお会いしたことがござるが、お人柄、剣術の技、

共に大した御方であったと覚えておりまするぞ」

と、喜び、そこから出会う度《たび》に言葉を交《か》わしてきたのだ。

手島の方でも、栄三郎の飾らぬ人となりが気に入ったようで、〝秋月殿〟がそのうちに〝栄三殿〟となっていた。

手島は吾助《ごすけ》という小者を連れているのだが、彼は又平と同じ年恰好《としかっこう》で、なかなかに小回りが利く。

正義感が高じてすぐに怒り出す手島を、

「先生、あまりお怒りになられますと、くだらぬ者のために、こちらの旅が遅れてしまいます。そうなると路銀の方が心許なくなりお方様のお叱りが……」

上手に収めて旅を進める姿が頬笑《ほほえ》ましい。

吾助の口ぶりからすると、手島信二郎はどうも恐妻家のように見える。

ともあれ手島、吾助の二人連れと、栄三郎、又平の二人連れは、互いの事情もあるだろうと、決して相手方の懐《ふところ》に入らず、付かず離れず間を取り合いながら、道中、交流を深めているのであった。

「わたし達も、ちと休息をすることにいたしましょう……」

栄三郎は、手島の隣に腰を下ろし、又平は少し離れたところの大きな切株に腰かけている吾助の横に控《ひか》えてみせた。

普段は、〝旦那〟〝又平〟で、気楽な二人旅を楽しんでいるが、こういう供連れの武士と行動を同じくする時、又平は秋月栄三郎の供の者を気取るのである。

手島は栄三郎との再会を喜び、ここの草団子はなかなかに美味《うま》いと勧《すす》めつつ、

「またこうして一緒になったのでござる。この度は掛川へ共に参ろうではないか」

と、誘った。

偶然を装《よそお》っているが、会う毎に話題が豊富な栄三郎に、大笑いをさせられてきた手島であった。このところはすれ違いが多かったので、栄三郎と話すのが恋しくなっていたのだろう。この茶屋で待ち伏せていたに違いない。

栄三郎はそんな手島信二郎の無邪気さがおもしろくて、

「望むところでござりまする。手島先生のような豪傑と御一緒できれば、真に心丈夫というもので……」

「何を申されるか、岸裏先生の御門人となれば、某《それがし》などおらずとも、賊《ぞく》の二人や三人はたちどころに退治てしまわれよう。はッ、はッ、はッ……」

などと手島を大いに盛り上げ、休息の後は共に掛川城下へと向かったのである。

栄三郎、手島一行は、あれこれ談笑しつつ、そこは互いに健脚のこと。

たちまち城下の外《はず》れまで進んだ。

松林にさしかかった時。

「あれはいったい……」

手島がふと立ち止まり、五体に緊張をみなぎらせた。

三人の男が木立の中で長脇差を手に向かい合っていたからである。

何やら殺伐《さつばつ》とした様子で、ひょろりと背の高い男と小太りの男が、色白ののっぺりとした顔の男に勝負を挑《いど》んでいるようであった。

「あ奴らめは何を始めようというのか。喧嘩《けんか》ならば仲裁をいたそうか……」

手島はたちまち硬骨漢の表情となった。

「いや、あれは芝居の稽古じゃあないですかねえ……」

栄三郎が宥《なだ》めるように言った。

「芝居の稽古……？」

そういえば、三人は何やら言い合いをしているようだが、挙措動作がいかにも大《お》仰《ぎょう》である。

「なるほど、栄三殿の申される通りかもしれぬ……」

「邪魔をしてやるのもなんですから、そうっと見物と参りましょうか」

栄三郎はニヤリと笑った。

「うむ、そうしますかな……」

手島は素直に相槌《あいづち》をうって、四人は松林の中をそっと進み、少し窪地《くぼち》になっているところに身を潜《ひそ》め、目の前に聳《そび》える松の陰《かげ》から三人の男達の様子を窺《うかが》い見た。

すると、案に違《たが》わず三人は芝居の稽古をしているようで、今はその喧嘩口上の最中であった。

芝居好きの栄三郎には堪《こた》えられぬ旅の一時となるはずであったが、これがどうも〝大根〟である。

「おう、お前ら、最前の仕返しにきたのならよしにしな。おれはただ、弱《よえ》え者をいじめるふてえ奴らを叩《たた》っ斬《き》っただけよ」

と、色白が気障《きざ》に決めると、

「たとえそうでも、お前を見逃したとあっちゃあ、渡世の義理がァ、立たねえんだァ！」

「おれ達をなめるんじゃあねえぞ」

と、ひょろりと小太りがこれに続けた。

「命を粗末にするんじゃあねえや」

「やかましいやい、おれは桜安兵衛《さくらやすべえ》」

「おれは小塚十兵衛《こづかじゅうべえ》、命ァもらったァ！」

どうにも芝居がくさい。

栄三郎達は笑いを堪《こら》えた。

そして立廻りが始まった。

こちらの方は悪くない。
二、三手あって、ひょろりの安兵衛と小太りの十兵衛が刀を叩き落とされ、無念の形相《ぎょうそう》でその場に座り込んだ。
「お前らの義理はもう果したはずだ。長生きしな」

色白は恰好つけて納刀して行きかける。

「ま、待ってくだせえやしィ……」

「お前さんのように強《つえ》えお人に会ったのは、初めてだよお……。せめて、あ、せめて、お名前を……」

色白は立ち止まって、

「名乗るほどの者じゃあねえが、名があるとすりゃあ、弱え者いじめが大嫌《でえきれ》えな、鍾馗一兵衛《しょうきいちべえ》」

と、名乗りをあげる。

「しょうき……、あ、あの疱瘡除《ほうそうよ》けの……」

ひょろりが首を傾《かし》げる。

「ああ、その通りよ」

「そんなら、もしやお前さんは、昔江戸の大親分だったという鍾馗半兵衛《はんべえ》というお方の……」

小太りが大仰に唸《うな》る。

「ああ、できの悪い五代目よ……」

「お見それいたしやした……！　どうかあっしを乾分《こぶん》にしておくんなさい」

「あっしも親分にどこまでもついて参りやす……」

ここで二人は平伏した。

栄三郎は苦笑《にがわら》いを浮かべて、

「なるほど、鍾馗半兵衛の五代目というのはおもしろいが、芝居の方はどうも……」

「ふふふ、まず天下泰平《てんかたいへい》何よりだが、あっちの客は帰ったようじゃのう」

と、今四人が潜む窪地の向こうにある松の大樹に隠れて、先ほどからそっと芝居見物をしていた三十過ぎの男が、駆けていく様子を指さした。

「見ちゃあいられねえ、というところですかねえ……」

又平が笑いを嚙《か》み殺した。

まだ芝居の稽古は続いていた。

色白は素の顔となって、

「こんなわけで、二人は世直しの旅に出るって話よ。どうだ半之助《はんのすけ》、今度はお前も敵役《かたきやく》じゃあねえだろ」

得意気に言った。

「だがよう、こんな話、うけるのかねえ」

小太りが言えば、

「あたしゃ女形《おんながた》なんだ。刀を振り回す芝居なんか好みじゃあないよ」

と、ひょろりも文句を言った。

「馬鹿野郎、柳三郎《りゅうざぶろう》、誰もお前の女形なんざ見たくねえんだよ」

どうやら色白が座頭《ざがしら》で、小太りが半之助、ひょろりが柳三郎というらしい。

「だがどうするんだい。座頭、今じゃあ役者はこの三人しかいねえんだぜ」

「そうですよう、お芝居どころじゃあありませんよ……」

「半之助、お前は〝だが〟が多すぎるぜ。柳三郎も心配するな。掛川はすぐそこだ。

ご城下には昔馴染《なじみ》の座元がいるんだ。すぐにでも役者も客も集めてくれるさ。もう苦労はかけねえよ。この松沢吉之丞《まつざわきちのじょう》、きっと一旗揚《あ》げて、また江戸へ戻ってやるんだよう」

座頭の松沢吉之丞は、役者二人を叱咤《しった》しつつ松林を後にした。

栄三郎達は顔を見合わせ、

「まず休息の座興にはちょうどよかった。さりながら、役者が三人しかおらぬのでは難儀でござるのう。どの道も、生きていくのはなみなみなことではないか……」

手島信二郎は、溜息《ためいき》をついて歩き出した。

——ほんに好い人だ。

栄三郎は、何事にも思いやりが深いこの旅の剣客がますます好きになった。

二

ほどなく秋月栄三郎、手島信二郎一行は、太田《おおた》家五万石の掛川城下に入った。

新《しん》町の宿場へ入るには、城下らしい鉤《かぎ》の手に屈曲した七曲りと呼ばれる道を行く。

「うむ、いざとなれば、この道に敵は大いに惑わされるというわけでござるな」

感心しつつ、手島は栄三郎と同じ旅籠《はたご》に宿をとり、

「今宵《こよい》は一献《いっこん》いかがかな……」

と、上機嫌で栄三郎相手に一杯やり出したのだが、次第にその硬骨ぶりを発揮し始めて、

「いや、けしからぬ……」

と憤《いきどお》りを見せた。

窓の外を闊歩《かっぽ》する、やくざ者達の姿を見てしまったのである。

やくざ者達は、この宿場で幅《はば》を利かす、天地《てんち》の藤助《とうすけ》一家の乾分である。

藤助は、太田家中の者にうまく取り入り、近頃は傍若無人《ぼうじゃくぶじん》な振舞が多いという。

手島はこの噂《うわさ》を道中聞きつけて、苦々《にがにが》しい想いをしていたところで、今また町の者達をからかい、下卑《げび》た声で騒ぎながら道行く連中をその目に見て、怒りが倍増したのである。

曲がったことが嫌いで、民衆に害を為《な》す輩《やから》を決して許すことの出来ぬ手島は、宿の女中や、主《あるじ》、番頭までも客間に呼んで、藤助一家について訊《たず》ねた。

すると、剣客が二人いる席ゆえに話し易《やす》かったのであろうか、皆一様に藤助の素行に顔をしかめた。

中でも興味が引かれたのは、葛布《くずふ》問屋二瀬《にのせ》屋の一件であった。

掛川は葛布の名産地である。

葛は秋の七草のひとつに数えられ、その表皮で葛布は作られる。

奈良時代、平安時代からの歴史を持つ織物で、掛川城主太田家の奨励もあって、掛川産の葛布は、裃《かみしも》、陣羽織《じんばおり》、馬乗袴《うまのりばかま》、道中合羽《がっぱ》として盛んに用いられた。

二瀬屋は宿場の北側にある天然寺《てんねんじ》の門前にあり、腕の好い機織《はたおり》を抱え、ここから出る葛布は掛川の中でも知られていた。

ところが、それが同業の妬《ねた》みを買っているようで、藤助はそういう人の邪心に巧《たく》みにつけ入り、二瀬屋に揺《ゆ》さぶりをかけているらしい。

二瀬屋の家屋を譲り受けたいと藤助が申し入れたのだそうな。

酒好きの先代が、生前藤助に値段によっては売ってもよいと口約束をしたというのである。

しかしこれこそ言いがかりで、言ったかどうかわからぬ酒の席の戯《ざ》れ言《ごと》を持ち出したとて通る話ではない。

「だが、口約束でも約束は約束でしょうよ……」

藤助は力に物を言わせて無理を押してくる。

藤助の狙いは、二瀬屋の跡地に遊所を設《もう》けることだという。

掛川宿には飯盛女《めしもりおんな》がいない。

では旅人が掛川で遊びは出来ぬかというとそうでもなく、ものの本によれば、掛川の機織女は男にも勝る稼《かせ》ぎをするので、奔放《ほんぽう》な女が多い。それゆえに気に入った男と出会うと、近くの酒楼《さかや》に伴《ともな》い、色事にいたることもある、などと書き遺《のこ》されている。

藤助はこれに目を付け、機織女を飯盛女の代わりにしてしまえばよいと考えついたのである。

ここの機織女にはいかほどの腕も技量も要《い》らない、酒が飲めて、器量が好ければ遊んでいるだけで稼げる——。

そんなとんでもない機織問屋を設けるようだとの噂が広まっていた。

噂が広まるということは、藤助が常々公言しているはずであろうから、いかにこの親分が勝ち誇《ほこ》っているかがわかるというものだ。

二瀬屋の主・善五郎《ぜんごろう》は、困ってしまっているらしい。

「けしからぬ！」

手島は、この日何度言ったかわからぬ口癖《くちぐせ》で眉間《みけん》に皺《しわ》を寄せて、

「町の役人は何をしておるのだ」

と、憤慨《ふんがい》した。

旅籠の主の言うことには、

「善五郎さんも、お奉行様には何度も訴え出ておられるのですが、売り買いの話は当人同士で話をつけろとの仰《おお》せで、取り合ってはくれないそうなのでございます」

だそうで、藤助はますます調子に乗って、二瀬屋に脅《おど》しをかけているとか——。

「確かにけしからぬ話ですね」

栄三郎は黙って手島が憤っているのに相槌を打ち続けていたが、彼自身怒りにかられて口を開いた。

「奉行とやらも、藤助の手に落ちているわけですね……」

「うむ、栄三殿、某もそう思う」

旅籠の主が客間を下がった後、手島はしかつめらしく頷《うなず》いた。

「義を見てせざるは勇無きなり、だ。栄三殿、某は何とかして、藤助とやらを懲《こ》らしめてやりたい」

「その折はお手伝いをしますよ」

栄三郎はにこりと笑った。

「いや、忝《かたじけな》い……」

その言葉が余ほど嬉《うれ》しかったのか、手島は威儀《いぎ》を正して見せて、

「まったく某は怒りっぽくていかぬ。せっかく栄三殿と一献かたむけようと思うたに、かえってそこもとに気を遣《つか》わせてしもうた」

と、続けて反省の弁を述べた。

この律儀さが栄三郎には堪《たま》らないほど好感が持てる。

「気を遣ったわけではございませぬよ。わたしも、そんななめた野郎が堪らなくきらいでしてね。一泡吹かせてやりとうござる……。とはいうものの何事もまず目で見て、考えねばなりますまい。ここは気持ちを落ち着けて、物見遊山をするがごとく、二瀬屋の様子を窺ってみることにいたしませぬか」

元より人助けや、人と人との繋がりを観《み》て回るのが好きな栄三郎である。

話すうちにだんだんと能弁になってきた。

――さて、どうなるんだろう。

又平は吾助と二人で客間の隅《すみ》で飲んでいたが、先生二人のそんな様子を目にして、取次屋の血が騒いでいた。

あわよくばこれを銭《ぜに》にすることも出来ようものだが、手島信二郎の潔癖《けっぺき》ぶりを見るとそれはなるまい。

そのことだけが少し残念であるが――。


翌朝。

秋月栄三郎と手島信二郎は、西上の途にはつかず、気になる葛布問屋・二瀬屋を訪ねてみることにした。

「手島先生、いきなり藤助の話は持ち出さぬようにいたしましょう」

旅籠を出しなに栄三郎は手島に耳打ちした。

「いきなり持ち出しては恐がられるかな」

「はい、手島先生は見るからに強そうですから、場合によっては、藤助が用心棒を寄《よ》越《こ》したと勘《かん》ぐられかねません」

「なるほど、まず相手の気持ちをほぐさねばならぬか」

「出過ぎたことを申すようですが」

「いやいや、某はすぐに熱くなるゆえにな。さりながら……、某は見るからに強そうかな」

「自分の姿は、自分では見えませぬゆえ……」

「はッ、はッ、左様《さよう》じゃな、某もまだ修行が足りぬようだ。強さが剝《む》き出しでは、真の強さを持っているとは言えん」

「畏《おそ》れ入ります」

「いや、栄三殿、あれこれ教えてくだされ……」

手島は好《よ》き軍師を得たと素直に喜んだ。

そうして、旅の剣客二人が供を連れて、長閑《のどか》に城下を散策している体《てい》で、まず天然寺を目指すことにしたのだが、門前まで来た時、傍《かたわ》らの小ざっぱりとした料理屋から、男達が数人ぞろぞろと出てきた。

そして、その中に見覚えのある顔があった。

よく見ると、昨日松林で見かけた松沢吉之丞一座の役者達である。

三人は昨日の稽古のままに、身を渡世人風に拵《こしら》えて、腰には長脇差を差していた。

「こいつは二瀬屋の旦那……、何から何まで世話になって、相すみません……」

吉之丞が、恰幅の好い四十絡みの商人風の男に言った。

「二瀬屋の旦那……」

栄三郎と手島は同時に呟《つぶや》いた。

期せずして、藤助一家に脅されているという、葛布問屋・二瀬屋の主・善五郎の姿が知れたのである。

しかも、吉之丞、柳三郎、半之助の三人が一緒であるとは——。

善五郎が吉之丞の贔屓《ひいき》であったのかと眺《なが》めていると、

「何を仰《おっしゃ》いますか鍾馗の親分、世話になるのはこちらの方でございますよ」

善五郎がおかしなことを言った。

「鍾馗の親分……？」

今度は又平と吾助も呟いた。

鍾馗というのは、あの時、吉之丞が稽古をしていた役名である。

「いや、あっしは弱え者をいじめる野郎が死ぬほど嫌えでござんして、こいつはあっしのお節介《せっかい》だと思っておくんなさいまし……」

吉之丞が善五郎に応えた。

その物言いは、役者・松沢吉之丞ではなく、吉之丞演じる俠客《きょうかく》・鍾馗一兵衛のものである。

「いやいや、地獄に仏とはこのことでございます。ささ、むさ苦しいところでございますが、今日からこちらでご逗留《とうりゅう》くださいませ」

善五郎は、そんな吉之丞をあくまでも俠客として遇し門前に建つ問屋へと誘《いざな》う。

「むさ苦しいなんてとんでもねえ。あっしらのような者が文句を言えば罰《ばち》が当たりまさあ。雨露をしのがせてもらって、三度の飯さえ頂戴《ちょうだい》できりゃあ言うことはござんせん。どうか礼などは無用に願います」

「さすがは男の中の男……。涙が出ますよ。さあさあ、まずはこちらへ」

「へい、そんならご免《めん》なすって……。おう、安兵衛、十兵衛……」

吉之丞は、柳三郎と半之助を、これも芝居の稽古の時の名で呼ぶと、畏《かしこ》まる二人を従えて善五郎に導かれ問屋の中へと入っていった。

その後からは、二瀬屋の奉公人の男が一人、得意満面でこれに続く。

うっかりと役者三人に見入ってしまったが、この奉公人の男にも見覚えがあった。

昨日松林の中で、吉之丞達の稽古を、栄三郎達とは違うところで見ていた男であった。

——確か、三人の芝居を見ちゃあいられぬとばかりに、稽古の中《ちゅう》で帰ったのではなかったか。

頭を捻《ひね》る栄三郎であったが、あることに思い至《いた》り、

「なるほど、そういうことか……」

くすくすと笑った。

「これはいったい……？」

手島は狐につままれたような表情を浮かべて、栄三郎に向き直った。

「これはおもしろいことになってきたようですよ」

栄三郎はそう言うと、又平に様子を探るように申しつけ、

「一旦《いったん》、旅籠に戻るとしましょう」

手島を促《うなが》して歩き出した。

「栄三殿、いったいどうなっておるのだ。二瀬屋が気の毒だと思えばこそ訪ねて参ったというに、善五郎は役者共と芝居に現《うつつ》を抜かしよって……」

手島は怒りながら栄三郎に従ったのだが、旅籠に戻って一刻《とき》（約二時間）ばかりで又平が戻ってきてあれこれ報告するや、

「けしからぬ、う～む、真にけしからぬ……」

と、何度もその口癖を連呼したのであった。

三

その夕。

松沢吉之丞とその座の役者、竹代《たけしろ》柳三郎、冬風《ふゆかぜ》半之助の三人は、葛布問屋・二瀬屋

の奥座敷で饗応《きょうおう》を受けていた。

三人を囲んでいるのは、善五郎以下、二瀬屋の奉公人と、機織女達に子供が一人である。

善五郎には子がなく、女房にも三年前に先立たれ、奉公人や機織女達を己《おの》が家族と思い暮らしている。

それゆえに、天地の藤助が脅しをかけてこようが、奉行に見放されようが、頑《かたく》なにこの店を守ってきた。

機織女が奔放だというのは限られた者だけである。そのほとんどが貧しい家計を支え親や子供、幼い兄弟のために働く健気《けなげ》な女達なのである。

それを、飯盛女代わりに機織女を遊女にするという藤助の企《たくら》みは、何が何でも許すわけにはいかなかった。

その強い想いが、善五郎に大きな勘違いを起こさせてしまったのだ。

善五郎が、三人の役者をもてなしているのは、彼が芝居好きであるからでも、役者の贔屓だからでもない。

善良で純真なる心の持ち主である彼は、この三人を、名代の俠客・鍾馗一兵衛とその乾分・桜安兵衛、小塚十兵衛と思い込んでいるのである。

勘違いの原因は、今もこの場で、

「おれが見つけてきたんだ……」

と、悦《えつ》に入っている、店の男衆《おとこし》・留三《とめぞう》にあった。

この留三は、遣いで掛川から東に位置する鳴滝《なるたき》へと出た帰りに、松林の中で吉之丞達を見かけて思わず立ち止まった。

藤助一家の連中が、何か揉《も》めていると思ったのである。

それが、そっと窺ってみると、まったく関わり合いのない三人で、その一人が鍾馗半兵衛から五代目の俠客というではないか——。

留三は芝居など観《み》たことがなく、くさくて下手《へた》な大根芝居を、これはやくざ者独特の言い回しに違いないと思い込んだ。

そして、芝居は観たことがないものの、留三は絵草紙を読むのが好きで、鍾馗半兵衛についてはよく知っていたのだ。

そもそも鍾馗半兵衛は、天和《てんな》から貞享《じょうきょう》年間にかけて、江戸の旗本奴《はたもとやっこ》「大小神祇《だいしょうじんぎ》組《ぐみ》」の横暴に立ち向かったことで名を売った俠客で、町奴・鍾馗一家を仕切っていた。

半兵衛はその抗争の中、命を落としてしまうのだが、それがきっかけで「大小神祇組」は時の大目付《おおめつけ》・中山勘解由《なかやまかげゆ》の取締りに遭《あ》い壊滅したのである。

その鍾馗一家の五代目が掛川に現れた。

なまじ知識を持っているだけに、それを間近で見た興奮が先に立つ。

鍾馗半兵衛などこの時期から百二十年以上も前の人物で、どれほどの俠客であったかは定かでない。ましてやその五代目が江戸にいたことさえも眉唾《まゆつば》ものだというのに、見事に二人を打ち倒し、たちまち心酔させてしまった様子を見て、留三はこれぞ天の助けと信じ込み、この存在を善五郎に知らさんと駆け戻ったのだ。

留三がもう少し吉之丞達の様子を窺っていれば、

「なんだ、芝居の稽古だったのか……」

とわかったであろう。

だが彼の粗忽《そこつ》を責められまい。

それだけ恩ある一瀬屋を窮地から救いたかったのだ。

町奉行は、藤助の悪事に対して見て見ぬふりを決め込んで、

「売り買いのことは、当人同士でなんとかしろ。藤助が恐ろしければ、おぬしも用心棒でも雇えばよかろう」

と言う。

ならば、腕には腕で戦うしかない。

とはいっても、用心棒を雇うしか道はなくとも、これを見つける手立がない。

そういうやくざな筋は藤助が摑《つか》んでいる上は、下手に用心棒など探せば藤助の耳にすぐに入るだろう。

そうなった時の仕返しを思うとぞっとする。

善五郎も万策が尽きて、いよいよ店を譲り渡すしか道はないと思い始めてきた。

そこに俠気と強さに溢《あふ》れた三人が目の前にいたのである。

どうして芝居の稽古だと気付かなかったのかはさておき、留三は、必死で店へ戻り、善五郎に世直しの旅を続けようという鍾馗一家の動向を伝えたのである。

藁《わら》をも摑む思いの善五郎はこれにとびついた。

留三が慌《あわ》て者《もの》であることを、善五郎はわかっていたが、これにかけた。掛川の宿に入ったところを見つけて三人に声をかけ、

「親分さん、何卒《なにとぞ》我々を哀《あわ》れと思し召《め》して、お助けくださいませんか……」

と、縋《すが》ったのである。

元より吉之丞達は、荷車を押すのも頼りない役者である。

柳三郎などは、

「このあたしが用心棒に……？」

女形らしきやさしい声を発してしまったのであるが、吉之丞は留三と善五郎の勘違いに乗っかかり、鍾馗一兵衛を咄嗟《とっさ》に演じた。

下手をすれば、処《ところ》のやくざ者と命のやり取りをしなければならないにもかかわらずだ。

まったく悪ふざけが過ぎるというものだが、彼らもまた切羽つまっていて、目の前の飯にありつけるという誘惑に負けたのだ。

というのも、松林で芝居の稽古をして後、三人にはどうしようもないほど悲惨な出来事が次々と起こっていたのである。

そもそも松沢吉之丞は、江戸で宮地《みやち》芝居に出ていたものの、酒と博奕《ばくち》で親方をしくじり旅暮らしとなった。

女房に見限られ、子供とも別れての都落ちであったが、いい加減《かげん》な男でも、そこはかとなく漂《ただよ》う愛敬《あいきょう》を気に入る贔屓もいて、何とか旅から旅を続けつつ食い繋ぐことが出来た。

とはいえ、少し興行がうまくいくとまた羽目を外し深酒をして、ひどい芝居を見せるので、浮かび上がれぬままに、どんどんと人気が落ちていった。

心ある役者は当然離れていく。

そうして一座の中でもまるで使えなかった、女形の竹代柳三郎と、敵役の冬風半之助の二人だけになってしまったのだ。

さすがに吉之丞もこれではいかんと、この掛川で再起を果すべく意気込んで、新作には昔江戸に実在した鍾馗半兵衛の五代目を登場させ、道中稽古を積んできた。

ところが、頼りの座元・源右衛門《げんえもん》は、半年前に亡くなっていて、今は芝居を打つ者もいない状態となっていた。

おまけに、衣裳《いしょう》、小道具を載《の》せていた荷車を、少し目を離した隙《すき》に盗まれてしまった。

「座頭、どうするんですよう……」

「おれ達はもう、昨夜から何も食っちゃあいねえんだぜ！」

柳三郎と半之助は、絶望を覚え、吉之丞を詰《なじ》った。

「仕方がねえだろ！　こうなったら、どこか道端《みちばた》で芝居でも見せて、日銭でも稼ごうぜ……」

吉之丞は半泣きになって応えた。

幸いにも、まず新作の出来を源右衛門に見てもらおうと思って、渡世人の衣裳、小道具だけは持っていて無事であった。

「嫌《いや》ですよ。あたしはいくら落ちぶれたって、物乞《ものご》いの真似《まね》はしたかありませんよ」

しかし、柳三郎が嘆《なげ》きを放てば、

「だいたい座頭がしっかりしねえから、こんな憂《う》き目《め》を見るんじゃあねえか……」

半之助の憤りは収まらない。

「うるせえ、うるせえ。そんならここで三人、きれえさっぱりと別れるかい。さあ、さあ、どうするってえんだよう」

揉めているところに、件《くだん》の勘違いに遭遇したのであった。

三人は暗黙の了解で、

「とにかく今は、鍾馗一兵衛とその乾分で押し通して、腹の虫を抑えよう……」

と、腕の立つやくざ者を必死になって演じたのであった。

その演技には鬼気迫るものがあり、二瀬屋の人々が疑うことを知らぬ好人物揃《ぞろ》いであったのが幸いして、この夕は三人の役者にとってはうまくことが運んだ。

「天地の藤助って野郎は許せねえ……。だが、後のことを考えればただ叩き伏せただけでも、いけやせん……」

吉之丞は腕組みをしてみせた。

「親分の仰る通りでございますね」

　善五郎は神妙に頷いた。

「まず知恵を絞《しぼ》ってみましょうから、あっしらがここにいることは、しばらく口外せずにおいておくんなさいまし」

「そうですね。親分方がいなさることがわかれば、藤助達も騒ぎ出すかもしれませんから……」

「はい、善五郎さん、くれぐれもそこんところをよろしくお願いしますよ」

　藤助達が騒いだら、たちまち化けの皮がはがれてしまうのだ。吉之丞はもっともらしく言って大きく頷いた。

「あの連中が、親分の前に這《は》いつくばるのを見てみとうございますよ……」

　うっとりとして声をあげたのは、機織女のおとせであった。

　二瀬屋の中でも腕の好い織子で、三十を過ぎて良人《おっと》に死に別れ、十歳になる千太《せんた》という子供を抱えて日々頑張《がんば》っていた。

　このところは、千太が外で遊んでいると、

「おう、お前は二瀬屋のところのがきかい……」

　などと、藤助一家の三下に絡まれることもあり、気丈なおとせは随分と藤助一家に腹を立てていたのである。

「奴らが這いつくばるところなど、すぐに見られるさ」

留三が応えた。

彼は先ほどから吉之丞に酒を注《つ》いでは、自分が俠客になったかのように肩を怒らせて、いかに鍾馗の親分が強いかを語って聞かせていた。

「親分は強いのなんの……。おれはこの目で見たんだからよう」

「いいな、留おじさんは……」

あどけない声をあげたのは千太であった。

「おいらも、親分みたいに強くなりてえや……」

とてつもなく強いという鍾馗一兵衛に、千太はたちまち憧れを抱いていた。

吉之丞はさすがに決まりが悪く、

「坊や、親分なんてよしとくれ、おじちゃんでいいよ。それに、強くなるのはいいが、喧嘩に強くなったって仕方がねえ。そんなことより辛《つら》いことにも負けねえ、強い心を持っておくれ……」

などと柄《がら》にもない言葉でその場をかわした。

それでも千太はしっかりと頷いたし、

「さすがはおじちゃんだ……」

と、留三は感じ入り、

「留さん、あんたがおじちゃんと呼ぶことはないだろう」

と、おとせに言われて笑いを誘った。

三人の前には見附《みつけ》の宿から手に入れたという、すっぽんの小鍋《こなべ》立てが据《す》えられていた。ぼろが出るのを恐れて緊張を保っていた柳三郎と半之助も、鍋をつつき酒を注がれるうちに気分がほぐれ、渡世人の風情《ふぜい》から軟弱な旅役者の顔に戻り始めていた。

吉之丞はそれを察して、

「そんならまあ、本日はこれ切りということにいたしやしょうか……」

自《みずか》ら終宴を望んで、与えられた一間に入った。

善五郎始め、二瀬屋の一同はこれを期待に充《み》ちた笑顔で見送ったが、一人だけ、お高《たか》という年嵩《としかさ》の女中だけは、日頃の多弁に似合《にあ》わず、ずっと押し黙っていた。

その理由はこの後明らかとなるのだが、天地の藤助の魔の手が伸びているというのに、二瀬屋の者達は苛々《いらいら》するほどに能天気であった。

そんな善人を騙《だま》す、吉之丞達三人の役者は、手島信二郎ならば、

「真にけしからぬ」

と、憤るはずの小悪党なのであるが、あまりにその理由がおめでたく、どこか憎めない。

そして、善五郎、吉之丞、両者にとっての天恵は、ちょうど時を同じくして、正義感に充ちた剣豪・千島信二郎と、智謀に長《た》けた取次屋栄三がこの掛川にいたことであった。

四

さてその夜である。

二瀬屋の奥座敷に、部屋を与えられた、松沢吉之丞、竹代柳三郎、冬風半之助は、眠れるはずもなく息を潜めていた。

「おう、柳三郎、半之助、これからどうする……」

吉之丞は小声で言った。

三人の肚《はら》は、自分達が助っ人にきていることは内密にしておくようにと言いながら、その間に飲んで食って適当にこの場から逃げてしまおうというものであった。

天地の藤助一家にはまだ自分達の存在を知られていないはずである。

様子を見て、もう二、三日逗留するか否《いな》か、それを問うたのである。

何事も座頭である自分が決めないと気が済《す》まないくせに、吉之丞はこんな話になると必ず、

「どうする……？」

と、消え入るような声で訊ねてくる。

相変わらずの小心者だと呆《あき》れつつ、柳三郎も半之助も、小心という点においては吉之丞以上である。

既《すで》に宴席で、

「当座はこれで賄《まかな》ってくださいませ……」

と、善五郎から小粒で一両ばかりもらっていた。

「長居は無用ですよ……」

「明け方を待って、そうっと消えてしまうに限りますぜ……」

二人はすぐに逃げ出すことを選んだ。

酔いが冷めてくると、たった三人でやくざ者達と戦い、地を這わせてやるなどと嘘《うそ》にしても恐ろしいことを口にしたと後悔の念が込み上げてきたのである。

「何だ、だらしのねえ野郎だな。だが、お前らがそう言うなら、おれもそうするとし

ようか……」

　こともなげに頷いてみせた吉之丞も、体が小刻《こきざ》みに震えていた。

　あの千太という子供は、他の機織女達と同じく、問屋の裏手に建つ長屋で、母親のおとせと共に暮らしているそうな。

　今頃は、三人がいる奥座敷のすぐ近くで、この三人のおじちゃん達が悪者共を退治してくれる夢を見ているのであろう。

　それを想うと後味が悪い。

　何という恥知らずであろうかと我が身を嘆きつつも背に腹はかえられず、三人は夜明け前に裏の木戸から、そっと外へと出た。

　そこは雑木林になっていて、まだ明け切らぬ空は、薄墨《うすずみ》を流したかのようにぼんやりとしている。

　三人はもしも、二瀬屋の誰かに見られた時のためにと、渡世人の姿のままであった。

　吉之丞の懐には一両ばかりの金がある。

　旅の用意は、道中揃えればよいのだ。

　金は小粒でもらっているから、とりあえず柳三郎と半之助にもいくらか渡しておけばよいものを、吉之丞は自分が預かっておくと言って放さなかった。

渡せば二人が自分を置いてどこかへ行ってしまうのではないかという保身なのだが、我ながら女々《めめ》しいことだと思う。

――女房に逃げられても仕方がない。

吉之丞の脳裏に江戸のどこかで今は千太くらいの年恰好になっているであろう、別れた子供のあどけない面影が浮かんだ。

それでも生きていくしかないのだ。

「よし、ひとっ走りするか……」

吉之丞は辺りを見廻しながら、まずはそっと雑木林を出て道へと出ようとした。

その三人の姿をじっと見ている人影があることを彼らは知らなかった。

人影は二組あった。

秋月栄三郎と手島信二郎。少し離れて、又平と吾助である。

四人は雑木林の陰から三人の役者を眺めていた。

又平の探索はあれからも続き、どうやら二瀬屋では留三の勘違いから、吉之丞達を腕の立つ侠客と信じ込み、用心棒にしようとしているようだと知れたのである。

「人の弱みにつけ込むとは許せぬ奴らだ」

手島は怒り、すぐにでも乗り込んで暴いてやろうと言ったが、栄三郎はそれを止めた。

「役者達もあれこれ困っていたのでしょう。間違えた留三にも罪はありますよ」

というのである。

「嘘をつけば自分に返ってくるってことを、身をもって教えてやった方がよいかと……」

栄三郎はおもしろいことが起こりそうだから、まずは見物しようと千島を宥めた。

というのも、又平からある報《しら》せを受けていたからである。

その報せから糸をたぐり、夜明けを待たずに二瀬屋を張り込むと、案に違わず逃げ出さんとする三人を見つけたのだ。

吉之丞達は、自分達が演じている鍾馗一家の世直しを、密《ひそ》かに見物している者がいるなどとは思いもかけぬことであったのだ。

吉之丞達は、裏の小道へ出た。

すると、そこにはやくざ者達が数人たむろしていて、三人をじっと睨《にら》みつけていた。

これを率《ひき》いているのは、天地の藤助の右腕と呼ばれる鮫鞘《さめざや》の助三《すけぞう》である。

「鍾馗の一兵衛ってえのはお前か」

助三は、ごつごつとした巌《いわお》のような顔を向けてきた。

「あ、あ……」

吉之丞は小便を洩《も》らさんばかりに驚いた。

「あ、あっしらはその……」

「違いますから……」

横で薄情にも半之助と柳三郎が首を振っていた。

「お、お前らだけで、逃げるつもりか……」

吉之丞はますます焦《あせ》った。

雑木林の物陰で、栄三郎、手島、又平、吾助は笑いを堪えて見ていた。

二瀬屋に用心棒が身を寄せているとどうして知れたのか——。

すべては二瀬屋の女中・お高がいけなかった。

お高は鍾馗一兵衛というとてつもなく強い俠客が守ってくれると聞いて狂喜して、
三人の俠客のために酒屋へと走った。

すると、その道中にこの鮫鞘の助三と行き合ってしまい、店を譲ってくれたら酒屋ごと買えるものをと、しつこく付きまとわれたのでつい堪えられずに、

「ふん、その手には乗らないよ。あんまりわたしらにかまうと、守り神が黙っていないからね！」

と、用心棒の存在を匂《にお》わすようなことを言ってしまった。吉之丞達を迎えての宴席の折、お高が無口だったのはこのためだったのだ。

そして助三にも抜かりはなく、それからそっと乾分を動かして、二瀬屋におかしな渡世人がいることを嗅《か》ぎつけたのである。

「ふッ、ごまかそうったって、そうはさせねえぞ。この馬鹿っつらが、こんな時分からどこへ行こうとしていたんだ」

助三が凄《すご》んだ。

「い、いや、おれ達はその……」

「わかっているよう。こっちの隙をついて、殴り込むつもりだったんだろう！」

「ま、まさか、そんな……」

「そらを使うな！　こんなこともあろうと、先手を打った。覚悟しやがれ！」

「ま、待て、話せばわかる……」

吉之丞はうろたえて言い訳をしようとしたが、

「黙れ！」

助三達は三人の偽俠客に襲いかかった。

三人は逃げ場を失い、慌てて雑木林の中を駆けた。

もう恥も何もない。

今出てきた裏木戸の中に逃げ込もうとしたのだ。

「待て、たわけが……！」

助三達は三人を追って雑木林に殺到した。

人数は助三以下六名。いずれも藤助から、

「おかしなのがいるようなら、まずこっちからぶっさらってやれ……」

酷《ひど》い目に遭わせてやれとの命を受けてやってきた、喧嘩自慢の乾分共であったのだ。

「こ、こいつはいけねえ……」

吉之丞達は、一目散《いちもくさん》に雑木林を抜けて裏木戸に取り付き、中へ入ると閂《かんぬき》をかけた。

そして、塀《へい》の内でどうしようかとおろおろしたが、背後から聞こえていた怒声が、すぐにぴたりと止《や》んで、これが低い呻《うめ》きに変わった。

「うむ……？　どうしちまったんだ……」

吉之丞が小首を傾げると、

「ざ、座頭……、じゃあねえ、親分……。様子がおかしいですぜ」

節穴《ふしあな》から外を見ていた半之助が素頓狂《すっとんきょう》な声をあげた。

「おかしいだと？」

「へい、皆、倒れておりやすよ……」

「な、何……」

吉之丞はそっと裏木戸を開けて外へ出ると、半之助が言った通り、助三達は皆、雑木林の地面に這っている。

そして、この頃になると、裏手の小道の向こうに建つ長屋から、騒ぎを聞きつけた機織や通いの奉公人が雑木林に集まりだし、店の内からも、善五郎と住み込みの奉公人達が裏木戸目指してやってきた。

「とにかく出よう……」

吉之丞達は、押し出されるように再び雑木林へと出た。

その途端《とたん》、

「や、やったぜ！」

留三が大声を発した。

「さ、さっそく、親分方がやってくださった……！」

雑木林に歓声があがった。

「お、お前ら、こんなことをしてただですむと、思っているのか……」

助三がよろよろと立ち上がって言った。

それへ善五郎が進み出て、

「お奉行様は、売り買いの話は当人同士でするようにと仰せですよ」

「これが、その話だというのか……」

「おや、力尽くできたのは親分さんの方ではなかったですかな。お奉行様はこうも仰いましたよ。藤助が恐いというなら、お前も用心棒を雇えばよい、と」

「覚えていろ……」

助三と藤助の乾分達はふらふらになりながら、這々《ほうほう》の体で帰っていった。

再び歓声があがった。

もちろんそれは、鍾馗一兵衛、桜安兵衛、小塚十兵衛に向けられたものである。

吉之丞は、柳三郎、半之助と顔を見合って、

――いったい何が起こったんだ。

と、目で物を言いながら、とにかくこの場を乗り切った安堵《あんど》から、気が大きくなっ

て、二瀬屋の衆からの歓声に笑顔で応えた。

それを呆れ顔で見ていた柳三郎と半之助であったが、今まで芝居をやってきて、これほどまでの声援を受けたことなどなかったのだ。

そのあまりの心地よさに、いつしか三人並んで決まりの姿で応えていた。

吉之丞は嬉しくなって、

「お前らに二朱《しゅ》ずつ渡すよ……」

と、またけちくさいことを言いながら、

「どんなもんでえ！」

と大見得《おおみえ》を切った。

「おじちゃん、やっぱり強いんだね……」

吉之丞の目には、母親のおとせの横でにっこりと笑う千太の姿が映っていた。

五

「ふふふ、栄三殿、そこもとの申される通りだ。随分とおもしろいことになってきた……」

昼となり、旅籠に戻って中食をとりながら、手島信二郎は嬉しそうに言った。

「これで、あの役者達は逃げるに逃げられず、これから地獄のような日を送らねばなりませんよ」

栄三郎も楽しそうである。

雑木林で助三達を一瞬にして倒したのは、この二人の剣客の仕業《しわざ》であった。

まだ夜が明け切らぬ雑木林の中で、物陰に隠れつつ、棒切れを手に一人一人打ち倒したのである。

これには又平も吾助も加わった。

この二人もそれぞれ剣術の手ほどきを受けているから、相手の虚《きょ》を衝《つ》いての襲撃などたやすいことで、それぞれ一人ずつ足払いをかけて打ち倒した。

そして栄三郎と手島とで二人ずつ、計六人を地に這わせた後、俄《にわか》に英雄となった三人の役者の迷演技を物陰から見て、大いに楽しんだのであった。

「さて、これから先をどうしてやるべきでござろうな」

手島が言った。

「先生はどのようにお思いで……」

「うむ、このままいけば、命を落とすかもしれぬ……。今度のことであれこれ懲りたであろうから、また助け舟を出してやるしかござるまい」

「わたしもそのように思います。先生はやさしいお方でござりまするな」

「いやいや、栄三殿の親切に、付き合《お》うているだけでござるよ。だが、二瀬屋の主も、ちと早まったようだ」

「いかにも……」

栄三郎は相槌を打った。

やくざ者相手に用心棒を雇って対抗すれば、収まりがつかずに、血で血を洗う惨事に発展しかねない。

手島はそれを案ずるのだ。

「とはいえ、悪いのはまるで守ってはくれぬ町奉行かと……」

何事にもいきり立たずに、ちょっと茶化した見方で捉《とら》えて成行きを楽しむのが秋月栄三郎の信条であるが、この一件に関しては強く憤ってみせた。

破落戸《ならずもの》に店を譲れと力尽くで迫られれば、役人が守ってくれない限りは、言いなりになって店を譲り渡すか、戦うかしか道はない。

黙って譲り渡すのが身のためなのかもしれないが、天地の藤助のことである、二足三文で買い叩こうとするに違いないし、善五郎も男なのだ。殺されたって、うんと言えないこともあろう。

二瀬屋を追い込んだのは、町奉行なのである。

「手島先生、それゆえに、連中を助けてやるのはようござるが、我らとてただの旅の剣客。奉行が相手となれば、黙って引き下がるしか道はござらぬ。そこが何とも悔《くや》しゅうござりまするな……」

「いや、栄三殿、そのことについては、この手島信二郎によい思案がござる」

「左様で……」

栄三郎の表情がたちまち和《やわら》いだ。

決して太平楽は口にしない手島信二郎の言葉だけに重い響きがあった。

「今はまだ申し上げられぬが、まず栄三殿には新たな筋書を捻り出してくださらぬかな。乗りかかった舟ゆえに、某もどこまでも肩入れをしてやりとうござる……」

「はい。先生と一緒ならば、わたしも楽しゅうござりますよ」

栄三郎は胸を叩いた。

既に又平は、藤助一家の次の動きを探りに町へ出ていたのである。


その頃。

宿場の中町《なか》にある、天地の藤助一家は、ざわめき立っていた。

「助三、お前は何をとろくさいことをしてただ……！」

「それが親分……、おれ達も何が何だかわからねえうちに……」

「どういうことだ」

「奴らには、他にも乾分がいるようで……」

「う〜む……」

藤助は焦った。

助三が這々の体で戻ってくることなど、今まで一度もなかった。

処《ところ》の顔役である自分が、助三をあっという間に蹴散《けち》らすほどの渡世人が掛川に入ったのに気付かなかったとは、何たる失態であろうか。

「おれ達は、なめられたら終《しま》いだ。善五郎が腕尽くには腕尽くでくるって言うなら、おもしれえ、とことんやってやる。明日の朝、殴り込みをかけるから仕度《したく》をしろ！」

藤助は、やくざ者の本性を顕《あら》わにして、勇みたったのである。

だが、意気上がる点では、二瀬屋もまた凄《すさま》じかった。

「あんな奴らは日頃、偉そうにしているが、一人一人は大して強くはないんだ」

奉公人の男達五人は、次に何か仕掛けてくれば、自分らも棒切れを手に戦ってやる、何といっても、こっちには鍾馗一家の五代目がついているのだ——。

そんな勇ましい気持ちになっていた。

「いや、何か人の気配がしたので、出てみりゃあ、案《あん》の定《じょう》、藤助一家の乾分達が殴り込みに来ていやがったんでさ……」

朝の出来事を、吉之丞は二瀬屋の皆にはそう話した。

「それはきっとわたしが余計なことを言ってしまったからに違いありません……」

女中のお高は、失言があったと打ち明けて詫《わ》びたが、

「いや、むしろ幸いだったってものさ。お高さんのお蔭《かげ》で、奴らが口ほどにもないってことがわかったんだ」

意気上がる奉公人達は口々にそう言ったので、お高もほっと一息ついたのである。

「とは申しましてもご一同さん。相手もそれなりの男だ。次はどんな手を打ってくるかはわからねえ。じっくり策を立てねえといけませんぜ……」

吉之丞はもっともらしい顔をして、柳三郎、半之助と三人で一間に引き籠《こも》った。

二瀬屋の者の前では口に出せなかったが、三人は今朝の奇跡について、語り合わずにはいられなかったのだ。

「おい、ありゃあいってえ何が起こったんだ」

吉之丞の問いに、柳三郎も半之助もただ首を傾げるばかりであった。

「わかるはずはねえな……」

この掛川に二瀬屋の守り神がいる。

その守り神の正体が何か、吉之丞達にはまったく心当たりがない。

考えられることはひとつだけだ。

天地の藤助一家の所業を快《こころよ》く思わぬ者がいて、今朝の機会を逃さずに助三達を打ち倒し、風のように消えた――。

吉之丞の推測に、

「なるほどねえ……。藤助一家に恨《うら》みを持つ者は多いから、そんなこともあるかもしれないわねえ……」

柳三郎は相槌を打った。

「正体を知られるのが嫌で、おれ達の仕業に見せかけたのかもしれねえな」

半之助もこれに同意したが、三人の総意としては、藤助一家の乾分達に顔を見られてしまったからには、無闇《むやみ》にこの店から外に出られないということである。

それは二瀬屋の者達にとっても同じで、善五郎は相手の出方が知れるまで、裏の長屋に住んでいる奉公人とその家族を問屋内に集めて共に暮らす段取りを組んだ。

店にいる限りは、三人の侠客がいるから安全であるというわけだ。

それがさらに小心者の三人に重圧をかけた。

「様子を見るも何も、奴らはきっとまた押し寄せてくるぜ……」

半之助が声を震わせた。

そして、今度は謎の守り神が現れてくれるかどうかはまるでわからないのだ。

「ここはやっぱり、命がけで逃げるしかねえか……」

守り神がいるのなら、自分達はいなくても何とかなるだろう。結局はそこに落ち着くのである。

「ちょいと外を見廻って参りやしょう」

夕方になって、三人は部屋を出て、裏庭にいた留三に声をかけた。留三は棒切れを手に見張りをしていたのだ。

「そいつはご苦労さんでございます……」

留三は深々と頭を下げ、

「本当に、よく来てくださいましたね……。おれは、頭が悪くてとろくさくて、何をやっても今までうまくいかなかった……。だが、親分さん方に会って、どうもこの、やる気が出て参りました。今まではその日その日をごまかすように生きてきたおれだが、男と生まれたからには、何か人様のお役に立てるように励まねえでどうする……なんてね」

　恥ずかしそうに言った。

「そうかい……。そいつはよかった……」

　吉之丞は、胸をかきむしられる想いであった。

　とつとつと語る留三に加えて、いつの間にか吉之丞たちの姿を見かけた千太が寄ってきて、嬉しそうに見ていたからだ。

　留三は、照れ隠しに千太を抱きあげて、

「千坊、お前も強くなるんだよな」

「うん、おじちゃんみたいに強くなる」

「強いだけじゃあいけねえんだぞ、親分さんみたいにやさしくなければな」

「わかった！」

　千太は留三と二人して、にこりと頬笑んだ。

「とにかく見廻りを……」

　吉之丞は、目にたまった涙を見られまいと、逃げるように外へ出た。

　振り返ると柳三郎と半之助の目にも涙が浮いていた。

吉之丞は、しばらく塀の外に立って何やら考えていたが、やがて懐からありったけの金を取り出して、柳三郎と半之助の手に握らせて、

「これを持って逃げてくんな……。今まで、頼りねえ親方ですまなかったな……」

と、つくづくと詫びた。

「座頭はここに残るというのかい……」

柳三郎が泣きながら言った。

「ああ、あんな風に思われて、逃げ出すわけにはいかねえや。たとえ八つ裂きにされても、役に成り切って死ぬなら本望だ」

吉之丞はきっぱりと言った。

「座頭、そんならあたしは鍾馗一兵衛の乾分・桜安兵衛ですよう」

「おれは、小塚十兵衛だ……」

柳三郎に半之助が続けた。

「お、お前ら……」

吉之丞の目からぼろりと涙がこぼれ落ちた。

「あたしは何だか気持ちが好いんですよ。板の上ではいつも野次《やじ》られているのが、ここじゃあ千両役者みたいだ……」

「おれもそうだよ。いつもは敵役だが、今度ばかりは二枚目だ……」

どうせここを出たところで、藤助の乾分に見張られているだろうし、もし、網の目を潜《くぐ》ったとてろくでもない暮らしが待っているだけなのだ、こうなればどこまでも芝居に付き合うまでだと、柳三郎と半之助は強く言った。

「よし、そんならもう逃げねえぞ。なに、また守り神が出てくれるかもしれねえし、今朝の奴らを見ていると、口先だけで、いざ喧嘩となりゃあたかが知れた野郎達かもしれねえじゃあねえか」

「そうだね。あたしもそんな気がしてきたよ」

「皆で戦えば、そのうち町の衆も味方をしてくれるかもしれねえしな……」

吉之丞、柳三郎、半之助に、不思議と力が湧《わ》いてきた。

もうこれより下に落ちるところのない者の、自棄《やけ》になった開き直りと、自分を信じる者を裏切れぬ男の意地が、麻薬のように、三人の意識を昂揚《こうよう》させていたのである。

「親分！　近くに怪しい奴はいねえようで」

半之助が大きな声を発した。

「おう、だが、安兵衛も十兵衛も抜かるんじゃあねえぞ！」

吉之丞はニヤリと笑うと、勇ましい声で応えて再び店の中へと戻った。

しかし、雑木林には、遠く彼らを物陰から見つめている者がいた。

藤助の乾分と又平であった。

それぞれの位置から、藤助の乾分は鍾馗一家の様子を、又平は吉之丞達がこの後どう出るかを見張っていた。

又平は、意外や逃げ出さずに店の内へと戻っていった吉之丞達を見直す想いであった。

やがて、藤助の物見の乾分は姿を消した。

それをにこやかに見届けると、又平はすぐにその乾分の跡を追いかけたのである。

六

時は容赦《ようしゃ》なくやってくる。

再び夜明けを待って、二瀬屋裏手の雑木林にはやくざ者達がひしひしと押し寄せてきた。

やはり天地の藤助一家は殴り込んできたのだ。

かねて予想していたし、何とかなると高を括《くく》っていた吉之丞達であった。

善五郎も奉公人達も、三人の俠客と力を合わせて戦うと腹を決めたものの、夜討ち朝駆けを警戒してろくに眠ることも出来ず、朝が来る頃には幾分《いくぶん》士気が衰《おとろ》えていた。

それは吉之丞達も同じで、

「やい！　天地の藤助だ！　昨日はうちの者が、世話になったようだ。けりをつけにきたぜ！」

という声が裏手から響いた時には足が竦《すく》んだ。

それでも昨夜の誓いを思い出し、この時のためにと拵えた樫《かし》の木太刀《きだち》を手に、三人は表に出た。

腰の長脇差は竹光であるから抜けない。人を殺《あや》めないのが信条だと言い訳をして、この木太刀で戦うつもりの吉之丞達であった。

その心がけにも二瀬屋の連中は心打たれ、男達は皆、棒切れを手に外へ出た。

「お前が鍾馗一兵衛か……」

ずらりと乾分共を引き連れた藤助が凄んだ。

意外や吉之丞に負けぬ色白で端整《たんせい》な顔立ちであった。

「お前が天地の藤助か……」

役者である吉之丞はよく声が通る。命をかけた芝居ゆえに、今日は親分の風格がある。

藤助も少し気圧《けお》された。

これを見てとった吉之丞は、迫真の演技に望みを繋いだ。喧嘩は口上で勝ち負けが決まると聞いたことがある。

「藤助、お前にだって産んでくれた親がいたはずだ。いつかあの世へ行った時、お前はなんと言って顔を合わせるつもりなんだ……。くだらねえことはやめて、この先は真の侠客と呼ばれる暮らしをしねえか……」

吉之丞は泣かせる芝居を演じた。これにはいかな藤助といえども心打たれるはずであったが……。

「お前は下手な役者か！」

藤助はうんざりとした表情で応えると、後ろを向いて顎《あご》をしゃくった。

すると、乾分達の中に紛《まぎ》れていた浪人者の用心棒が出てきたかと思うと、太い棒切れを宙に投げ、これを抜く手も見せずに真っ二つにした。

吉之丞始め二瀬屋側の男達は、余りの凄腕に自分が持っている棒切れを呆然《ぼうぜん》と見つめた。

「おうッ、覚悟しやがれ！」

藤助が叫んだ。

「おれは芝居じゃあいつもこうやって死ぬんだ……」

敵役の半之助が絶望して呟いた時であった。

そこに二人の渡世人が現れて藤助の前に立ちはだかった。

「何だお前らは……」

藤助が首を傾げた。そういえば、助三が、二瀬屋の用心棒は三人の他に誰かがいると言っていたのを思い出したのだ。

おまけにこの二人は、渡世人にしてみるといささか年嵩で、体の引き締《し》まり具合も、その辺のやくざ者とは少し違う。

「おれ達か……、おれ達は鍾馗の親分の乾分よ」

そのうちの一人が言った。

「何だと……」

この二人がそうであったかと藤助が思った時、

――いってえどうなってるんだ。

やはり守り神が現れたと喜びながらも、吉之丞、柳二郎、半之助は顔を見合った。

「おれは、住吉の栄三……」

「おれは、やっとうの信次《しんじ》だ！」

この二人が、秋月栄三郎と手島信二郎の変装によるものであることは言うまでもない。

二人は渡世人に扮《ふん》し、脇差だけを帯びてやってきたのだ。

「ええい！　そこをのけ！」

用心棒の浪人が脅すように抜身を引っ提げて前へ出た。

それへ手島が対峙《たいじ》して、

「えいッ！」

とばかりに脇差を抜いて、これを峰に返すと、いともたやすく用心棒の小手を打った。

「うッ……！」

呆気《あっけ》なく浪人は刀を落として蹲《うずくま》った。

「え……？」

あまりの早業《はやわざ》に藤助は目を剝いた。

「こんな奴らは鍾馗の親分の手を煩《わずら》わせるまでもねえや！」

栄三郎がこれに続いて、脇差を抜いて乾分達に斬りかかった。

手島も呼応して続くと、あっという間に三人ばかり乾分共が打ち倒されていた。

藤助達は浮き足だった。

「おれも加勢いたしますよ！」

それへ、留三が棒切れを手に躍《おど》りかかった。

こうなると男達は皆黙っていられない。

柳三郎、半之助に導かれて、次々と藤助一家に立ち向かった。

藤助の乾分達は十人ばかりいたが、栄三郎と手島に追い立てられた上に、鍾馗の乾分が店の男達と共に突撃してきたのだ。

「ち、畜生め……」

藤助達は算を乱して逃げた。

「おとといきやがれ！」

吉之丞は二瀬屋の衆と見物人達の大歓声を浴びて、また大見得を切り、柳三郎と半之助も並んで決まりの姿を見せた。

栄三郎と手島もまたこれに並び立った。

「ふふ、栄三殿、なかなか楽しいのう……」

手島は栄三郎に耳打ちをして、子供のようにはしゃいだ。

栄三郎はにっこりと笑顔で応え、

「座頭、ちょいと顔を貸してもらうよ……」

吉之丞の耳許にそう告げたのである。

七

それから、秋月栄三郎と手島信二郎は、吉之丞達にあてがわれた二瀬屋の一間に入って一座の三人から、すべての経緯を聞いた。

その間奉公人達や機織達はそれぞれの持ち場に戻し、この部屋の傍には寄せつけぬようにした。

「まあ、話を聞けば気の毒なところもあるが、人を騙すのはよくないぞ……」

手島は三人を諭《さと》し、栄三郎は自分達が何者で、何ゆえにそっと助けたかを三人に打ち明けた。

「穴があったら入りとうございます……」

吉之丞、柳三郎、半之助は、栄三郎と手島に感謝すると、体を小さくさせた。

「これからは、心を入れ替えて生きて参りますから、どうぞお許しくださいまし……。まずその手始めに、こちらの皆様の前に手をついて、何もかも白状いたしますでございます」

吉之丞は観念したが、

「いや、そいつはならねえよ」

栄三郎がニヤリとして言った。

「え、いや、それでは……」

「今さらお前らが騙《かた》り者だと知れたら、ここの皆はどれだけがっかりするか……。ましてや、まだ年端《としは》もいかねえ千太って子には、どう言い訳をするんだよ」

その言葉に三人はうなだれた。

「こうなったら終《しめ》えまで、鍾馗一家の三人でいてもらうよ」

栄三郎は、二瀬屋の衆を失望させるなと説《と》いた。

このあたりの話し合いは、既に手島との間でしてあったので、手島は何度も頷いて、

「案ずるな。この先も手助けをしてやる」

と、三人を励ました。

「それはありがたいことですが、わたし達もずっとここにいるわけには参りません

し、どうやってけりをつければよいかと……」

吉之丞は渋い表情を浮かべた。

「それもまた任《まか》せておけばよい」

手島はどこまでも強気であった。

これには、栄三郎も合点《がてん》がいかず、

「しかし手島先生、恐らくこの次藤助は力攻めを諦《あきら》めて、奉行に泣きつくでしょう。それで奉行は仲裁をするふりをして、その場で鍾馗一兵衛を殺してしまう……、そんなところではないのでしょうかね」

「へ、へ、そんな、ことが……」

「栄三殿の言う通りになるであろうな」

「な、何とかしておくんなさいまし。わたしはまだこの世にやり残したことがあるのでございます！」

栄三郎と手島の見解に、吉之丞は泣きっ面《つら》になった。

「さて、そこでござるよ……」

手島はちょっと得意そうな表情を浮かべて栄三郎を見た。

今はまだ言えぬが好い思案がある——。

手島が旅籠で話していた種明かしが、そろそろ始まるようである。

吉之丞、柳三郎、半之助は、渡世人の姿にまで身をやつし、二瀬屋の心情を守りつつ藤助を懲らしめんとする二人の剣客を、

――こんなやさしい物好きもいるのだ。

と、つくづくと見つめていた。

その昼下がり。

予想通りに、町奉行・矢藤新五兵衛《やとうしんごべえ》から遣いが来て、

「某の言葉足らずによって、鍾馗一兵衛なる旅の者と、宿場の藤助との間に諍《いさか》いが起こったそうな。詫びの意味を込めて、今宵、我が屋敷に両人を呼び、仲裁をしたいと心得る。但《ただ》し、互いにただ一人で参るよう申し付ける……」

との意を伝えてきた。

この後は、二瀬屋の言い分をよく踏まえて、藤助の無法を正させるつもりであるとのことであるが、

「ここの奉行も、面の皮が厚うございますするな」

話を聞いて栄三郎は、呆れ返ったものだ。

どう考えても罠《わな》であるが、鍾馗一兵衛ほどの俠客ならば、行かねば男が立たぬと、これをきっと受けると見越してのことであろう。

それゆえに吉之丞は、これを受けた。

当然のごとく、二瀬屋の一同は騒ぎ立て、

「主であるわたしが参ります」

善五郎は覚悟を決めたが、

「いや、喧嘩をしたのはあっしでござんす。行かねえと男がすたりますんで……」

吉之丞はこれを抑えて奉行の屋敷へ出向いたのである。

「おじちゃん……」

千太は、亡父が赤児の自分にくれたという御守を差し出して無事を祈ってくれた。

半之助も柳三郎も、

「この先、おれは座頭には逆らわねえよ」

「あたしもですよ……」

涙ながらにそっと告げて送り出した。

手島信二郎は、任せておけと言ってくれたが、依然その内容は打ち明けてくれなかったから、

「行って参りやす……」

と、姿を決める吉之丞からは、そこはかとない哀愁が漂っていた。

「お奉行様も、鬼じゃあありませんよ」

吉之丞はそう言い置いて矢藤新五兵衛の屋敷へと向かったが、誰よりも自分に言い聞かせていた。

矢藤の屋敷は宿場からは逆川《さかがわ》を挟《はさ》んで北側に広がる、侍屋敷の一角にあった。

江戸の小身旗本の屋敷ほどの大きさで、二本の本柱にそれぞれ控柱《ひかえばしら》があり、棟がやや本柱寄りに出る薬医門《やくいもん》が立派であった。

門番に名乗るとすぐに庭から奥座敷に通された。

そこには既に天地の藤助がいて、町奉行・矢藤新五兵衛の前に畏まっていた。

「そちが鍾馗一兵衛か……」

新五兵衛はよく肥《こ》えた体を揺らしながら、やや甲高《かんだか》い声で吉之丞を、藤助の並びに座るように促した。

「ごめんくださいやし……」

吉之丞は一世一代の芝居を始めていかにも俠客らしく、ぽんと股《また》を割って座った。

藤助は、これを苦々しい面持ちで見ている。

「さて、話をつけに参りやした」

吉之丞は新五兵衛に平伏した。

「藤助……」

新五兵衛は面倒そうに顎をしゃくった。

藤助は、二十五両の切餅《きりもち》を一つ、吉之丞にすべらせて、

「手短にいこう。その金で今すぐに宿場から出て行ってくれ」

憎々しげに言った。

「この金でだと……」

「悪い話じゃああるまい。お前なんぞに一銭たりと払いたくはねえが、お奉行様の思し召しをもって、穏《おだ》やかに済ましてやる。それを持って、とっとと出ていきな」

「出ていった後は……」

「そいつはお前の知ったことかい」

「そうかい、そんならこいつは、そっちへ戻そうよ」

吉之丞はその金を藤助へとすべらした。

そうすれば命はないと思いつつ、そんな動きがすっと出た。

不思議なもので鍾馗一兵衛という役への愛着が、こんな時一兵衛ならきっとこうす

るという気持ちにさせたのだ。そして、今までの自分の不甲斐《ふがい》なさが、悪党共への怒りとなって彼の良心を奮《ふる》い立たせたのである。

「お奉行様、これじゃあ仲裁になっちゃあおりませんよ」

吉之丞は、端《はな》から藤助に肩入れをしている矢藤新五兵衛を詰るように見た。

「ふん、やくざ風情が、口はばったいことをほざくでないわ。黙って金を受け取り町を出れば見過ごしてやるつもりであったが馬鹿な奴よ。奉行に手向かいをするとはな……」

「手向かい……。あっしはこの通り丸腰でございますよ」

「いや、お前は懐に隠し持った匕首《あいくち》で、この奉行までも殺害せんと企んでおる」

「何ですって……」

「ええい、問答無用じゃ！　この狼藉者《ろうぜきもの》を斬り捨てい！」

新五兵衛の一声で、庭の陰に控えていた武士が五人、いずれも襷《たすき》がけで現れた。

奉行は初めから一兵衛が意地を張れば、あれこれ理由をつけて斬り捨てる算段をしていたのだ。

「汚ねえ野郎だ……、それでも侍か！」

吉之丞は叫びつつ、

――手島の旦那は何をしているんだよ。

と託《かこ》ちながら、もういかぬかと目を瞑《つむ》った。

その時であった。

庭の方から呼び笛の音が響いた。

何事かと見渡すと、塀の上に一人の男がいた。

笛を吹いているのは又平であった。

「おのれ何奴！」

新五兵衛がきっと睨みつけたと同時に、表で騒がしい音がしたかと思うと、紋服《もんぷく》を着た律々《りり》しい武士が、浪人風の男を伴い庭へと駆け込んできた。

「曲者《くせもの》め！」

五人は抜刀してこの二人に斬りかかったが、たちまち二人の武士に峰打ちに倒された。

特に紋服の武士の動きにはまるで無駄がなく、その太刀《たち》捌《さば》きは豪快で凄じかった。

「先生……、待っておりましたよ……」

吉之丞は脱兎《だっと》のごとく庭へ降りると、紋服を着た手島信二郎と、これに付き従う秋月栄三郎の陰に隠れた。

「お、おのれ、町奉行・矢藤新五兵衛と知ってのことか！」

新五兵衛は命の危険に怯《おび》え、尚《なお》も虚勢を張った。

「ようくわかっておる。おぬしがそれなる町のやくざ者と通じておることもな」

「おのれ、何者か、まず名乗らぬか！」

「ならば名乗ろう。某は公儀道中方・手島信二郎と申す」

「公儀、道中方……」

道中方は道中奉行配下で、道中奉行は勘定奉行と共に、大名を監察する大目付の兼帯でもある。

手島信二郎は公用で京へ遣いに出たが、剣の達人にして剛直な彼のこと。旅のついでに、道中宿場の様子を見て、正さねばならぬところがあればこれに当たるようにとの密命をも帯びていたのである。

「はッ、はッ、左様でございましたか……」

栄三郎は彼の正体を告げられた時、手島の人となりを思い、道中奉行も粋《いき》なことをすると感心したものだ。

そして、これで心残りなく、晴れ晴れとした心持ちで掛川を発てるというものである。

「矢藤新五兵衛！　太田備後守《びんごのかみ》様の名を汚す不忠者め、恥を知れ！」

手島信二郎の胸のすく叱責《しっせき》が屋敷内に響き渡った。

奉行と町の破落戸は、へなへなとその場に崩れ落ちた。

それと同時に、

「何が何やらよくわかりませんが、もういよいよ死ぬかと思いましたよ……」

吉之丞もまた、役から離れて気が抜けたか、しばし木偶《でく》のごとく立ち竦んだ。

八

かくして掛川の宿に平穏が訪《おとず》れた。

町奉行・矢藤新五兵衛と、宿場の顔役・天地の藤助とその一味は姿を消した。

「栄三殿、おぬしのお蔭で楽しく務めを果すことができた。礼を申しますぞ」

手島信二郎は、供の吾助を連れて、掛川を発つ秋月栄三郎と又平を街道沿いの一隅で見送った。

手島には、まだ太田家の目付役との間に済ませねばならない事務が残っていて掛川を出られないのだ。

それに、自分が公儀の役人と知れれば、この先一緒にいても楽しくはなかろうと、手島は栄三郎と又平を気遣ったのである。

「いや、手島先生に限っては、役人であろうがなかろうが、裸の付き合いをさせていただければこれほどのことはござりませぬよ」

栄三郎は心から言った。

「それは真か、嬉しいことを言うてくれる……」

「また、道中出会えますように……」

「うむ、楽しみにしておりますぞ」

「はい……。あの連中のこれからもまた、楽しみでございますな」

栄三郎は、少し離れた天然寺の門前で大勢の男女の見送りを受ける、松沢吉之丞、竹代柳三郎、冬風半之助の姿に目を遣《や》った。

三人は未《いま》だに、鍾馗一兵衛、桜安兵衛、小塚十兵衛を気取っている。

今度のことで心を洗われ、性根を改めた三人であった。何もかも告白して詫びたい想いもあったが、無事に一件は収まったのであるから、その後味はすっきりとしている方が好い。

それゆえ彼らはあくまでも英雄として旅発《たびだ》つのだ。

鍾馗一兵衛は奉行の屋敷で不意討ちにあったが、見事にこれを返り討ちにして、騒ぎに駆けつけた太田家の重役に堂々と訴えた。

御領主様の目も節穴ではない。これがきっかけになり、奉行と藤助の悪事が明るみに出た――。

二瀬屋の者だけではなく、町の者も皆、そのように受け止めていた。

この地の男達皆に〝俠気〟たるものを植えつけて去っていく――。三人の役者はそうして己が勤めた役を終えるのだ。

「おじちゃん……」

吉之丞に千太が別れを惜《お》しんだ。

「おいら、お父《とっ》つぁんの顔を知らないんだ。だから、おじちゃんをお父つぁんだと思っていいかい……」

吉之丞を見上げるその小さな瞳《ひとみ》は涙に濡《ぬ》れそぼっていた。

どうして子供はこう泣かせるのか――。

吉之丞はたじろいだが、それでもぐっと涙を堪えた。

鍾馗一兵衛はここじゃあ泣かない。心の内で泣くのだ。

「ああ、こんな顔でよかったら、好きに思っておくれ。おっ母《か》さんを大事にな……」

吉之丞は、両手で千太の少しだけたくましくなった肩を叩いて、

「そんなら、いずれも様《さま》も、ごめんなすって！」

と、渡世人の姿を粋に決め、颯爽《さっそう》と歩き出した。

「さあ、この三人で一から出直しだ」

「あたしは女形でも何でもやりますよ」

「おれも敵役を極めてやるさ」

三人の足取りは軽い。

「江戸へ入ったら、ちょっとだけ付き合ってもらいてえところがあるんだが……」

「だから、どこだって付いていきますよ」

「この世にやり残したことがあるってえのは、そのことかい？　遠慮はいらねえよ」

「……」

「そいつはありがてえ……。へへ、別れた女房と子供に、ちょいと会いたくてよ」

「……」

三人の姿が小さな点となるまで、町の衆は手を振り続け見送っていた。

もうその時には、秋月栄三郎と又平も、西へ指して歩いていた。

「ああ、ちょいと手間取っちまったな……」

栄三郎は物好きが過ぎたと頭を掻《か》いた。

大坂へ戻るのは、恩師・山崎島之助の具合が思わしくないと聞いたればこそ。

「あっしがこんなことを言うのは何ですが、文じゃあ、お父上は直ぐにこいと仰せじゃあねえんでしょう」

「まあ、それは……」

「山崎先生の具合はさほど悪くねえんじゃあねえですかねえ。きっと旦那の顔を見たくて仕方がねえんだと……」

「ふッ、まあ、おれもそうは思うんだがな」

「急ぐところは急いで参りましょう」

「そうだな」

二人は足を速めた。

「だが旦那……、本当のことを言わねえままに、あの三人を行かせて本当によかったんですかねえ……」

「よかったのさ。公儀道中方が悪事を暴いた、なんてことは手島殿にとっても、掛川のお殿様にとっても人に知られねえ方が、好いってものさ」

「なるほどねえ」

「誰に知られても、まずあの千太って子供の想いを壊《こわ》してやりたかねえや」

「といって、大きくなって、いつかあの三人とどこかで出会ったら困りますねえ」

「いや、その頃にはわかるさ。役者が命がけでやくざ者と戦った馬鹿さ加減も、男の意地や、人の情も……」

「へい、仰る通りで」

又平は納得がいったと頷いた。

「とすると、今度のことで一番めでてえのはおれか……。はッ、はッ、おれだ……」

栄三郎は愉快に笑ったが、懐には手島から手渡された、太田家からの礼金が三両ばかり収まっている。

「さて、今宵はとびきりうめえものでも食うかい」

まずは浜松《はままつ》を目指して、二人の足はすべるように街道を進んでいた。

第二話　お礼参り

一

東海道宮《みや》の宿《しゅく》は、この地に熱田大明神《あつただいみょうじん》があるゆえに、熱田の宮を略してこう呼ばれた。

徳川御三家《とくがわごさんけ》筆頭・尾張《おわり》家六十二万石の支配下にて、美濃街道《みのかいどう》、佐屋《さや》街道の分岐点でもあり、大いに賑《にぎ》わっていた。

特に、この宿場には七里《しちり》の渡《わた》しといって海路で桑名《くわな》へ行ける湊《みなと》が備《そな》わり、町の旅籠《はたご》の数は街道一と言われるまでになった。

夜間の航行を禁じられていたので、船に乗る前、ここでしっかりと英気を養《やしな》おうという旅人が多かったからであるが、秋月栄三郎と又平の姿もまたその中にあった。

二人は日の高い内から宿場に入り、まずは熱田大明神に参拝して、それから門前に住む忠兵衛《ちゅうべえ》という男を訪ねた。

忠兵衛は五十になる野鍛冶《のかじ》である。

野鍛冶は、農具、漁具、包丁などを扱う鍛冶屋のことで、親の代からこの地で野鍛冶を営《いとな》む忠兵衛は、若い頃に京、大坂で二年ばかり修業をした時期があった。

その折に一年ほどの間、大坂住吉大社鳥居《とりい》前で野鍛冶を営んでいる栄三郎の父・正兵衛の世話になった。

それゆえ、忠兵衛は子供の頃の栄三郎をよく知っている。

この度《たび》、大坂へ旅発《たびだ》つにあたって、栄三郎は宮の宿に着いたら、まず忠兵衛を訪ねるので、何か用があれば忠兵衛の家に文《ふみ》を送っておいてもらいたい、と父・正兵衛に文を認《したた》めていた。

訪ねてみると、果して忠兵衛の家には正兵衛からの文が届いていて、

「栄三さん、また立派になりましたねえ……」

と、大喜びで迎えながら忠兵衛は文を手渡してくれた。

栄三郎は十五の時に江戸へ下ったが、その後三度ばかり大坂へ戻っていて、毎度道中に忠兵衛の家に立ち寄っているから、疎遠《そえん》にはなっていなかった。

又平を引き合わせ、茶菓《ちゃか》の馳走《ちそう》になりながら、父からの文を読むと、

「やはりそうか……」

栄三郎は苦笑《にがわら》いをした。

具合が悪いと言っていた栄三郎の大坂での師・山崎島之助であったが、このところまたすっかりと元気を取り戻したようなので、

「慌《あわ》てて来んでもよろしい……」

と、文には認められていたのである。

まったく人騒がせな話であるが、正兵衛なりの用があって、山崎島之助の体調をだしに使ったのであろう。

今さら江戸に戻れないところで、こんなことを報《しら》されたとてどうしようもないが、まず山崎先生は無事であるから、この先の旅はのんびりとすればよい――。

熱田でそれを報せるのも親心なのであろう。

何といっても宮の宿は遊ぶには真《まこと》によい町であるから、暇《ひま》があれば心ゆくまで楽しむことが出来る。

まあ、それなら、その親心に甘えようと、泊まっていけばよいという忠兵衛の厚意をやんわりと断わり、栄三郎は又平と二人、伝馬《てんま》町の〝森田《もりた》屋〟という旅籠に宿をとった。

この辺りには旅籠が建ち並び、海辺の方に足を延ばせば、瀟洒《しょうしゃ》な料理屋が何軒も見られる。

旅装を解《と》くや、

「旦那《だんな》、ちょいと町の様子を見て参りやしょう」

又平は栄三郎を誘ったが、栄三郎はそこまでの元気がなくて、

「おれはちょいと休むとしよう」

「そうですかい……」

「おれに構うことはねえよ。思うように一回りしてくるがいいや」

「そんなら、一刻《とき》（約二時間）もすりゃあ戻って参りやす」

又平は嬉《うれ》しそうに出て行った。

栄三郎は、どこへ行ってもその土地の風物を貪欲《どんよく》に探求する又平に感心しながら、ごろりと横になった。

このままひと眠りすれば、又平が戻ってくる頃には夕餉《ゆうげ》となろう。

そこで一杯ひっかけてから、宮の夜を楽しむとしよう――。

そう思ったものの、旅先というものはそこに居《い》るだけでどうも落ち着かず、吸いなれぬ空気が心の内を昂《たかぶ》らせる。

横になったが眠りも出来ず、栄三郎は小半刻《こはんとき》（約三十分）もせぬうちに起き上がると、着流しに刀を落とし差しにして外へ出た。

通りは遊客で賑わっていた。

旅人に加えて、名古屋《なごや》城下からも男達が押し寄せているようだ。

湊へ向かってぶらぶらと歩けば、冷たい風に磯の香が漂《ただよ》ってきた。

この日は、日が陰《かげ》るのが早かった。

旅籠を出てからすぐに辺りは暮れ始め、周囲の旅籠や料理屋、茶屋などが方々で軒《のき》行灯《あんどん》に灯《ひ》を点《とも》し、宮の宿は少し妖《あや》しげな趣《おもむき》となってきた。

それがますます異国の迷宮に入り込んだような気がして、元来がこの世のありとあらゆる風雅《ふうが》を好む栄三郎の五感を刺激した。

——このままどこかへ繰《く》り出すのも悪くねえな。

まず又平の姿を求めて歩くうちに、栄三郎は海辺の道へと出た。

そういえば、捨て子であった又平は、軽業《かるわざ》の親方に拾われて見世物小屋で育ったのだが、その仁兵衛《にへえ》という親方が子供の頃深川洲崎《ふかがわすさき》の浜に潮干《しおひ》狩に連れていってくれて、又平は初めて海を見たという。

それ以来、海を見に行くことが、又平にとって何よりの遊山《ゆさん》となり、

「海ってえのはようござんすねえ……」

というのが口癖《くちぐせ》になっていた。

栄三郎はそれを思い出し、又平は間違いなく浜辺にいると思ったのである。

案に違《たが》わず、浜へ出て左の方にある潮音寺《ちょうおんじ》の前にそれらしき人影が見えた。

七里の渡しは昼七ツ（午後四時頃）を過ぎると船は出ないので、もう既《すで》にこの日の船出は終っている。

渡し場の傍《そば》には、熱田奉行、御船《おふな》奉行の役所があり、湊をうろうろしていて怪《あや》しまれてはいけないという又平なりの用心なのであろう。

又平の姿は東の浜へと遠ざかっていく。

栄三郎はその姿を追って浜辺を足早に進んだ。

一足ごとに、浜辺に立つ常夜燈《じょうやとう》の明かりがぼんやりとしていったが、まだ日は落ち切っておらず、又平の姿を見失うことはなかった。

又平は松林の中で立ち止まった。

ここから暮れゆく海をじっくりと見つめるつもりのようだ。

周りにはまるで人気《ひとけ》がない。自分だけの見物の場を拵《こしら》えているのであろう。

――又平もなかなか風流を心得ているではないか。

大きく呼ばわって、その風流心を壊《こわ》してもいけないと思って、栄三郎は息を殺して松林に向かった。

そうっと並んで、共に海を眺《なが》めてみようと思ったのだ。

すると、ひとつの人影が、栄三郎よりも先に又平の背後に現れて、にじり寄る様子が目に入った。

たまたまそこに同好の士がいて、彼もまた海を眺めようというのであろうか——。

いや、そうは思えない。

人影は海よりも又平を凝視しているようだ。

そして、何やら殺伐《さつばつ》とした匂《にお》いがした。

栄三郎は気配を消しつつ小走りに松林へ向かい、その人影のさらに背後へ回り込んだ。

立木の陰から様子を窺《うかが》うと、人影は五十になるやならずの男で、体付きは痩《や》せているが、筋骨はなかなか引き締《し》まっていて、頑丈《がんじょう》そうに見える。

——まさか物盗《ものと》りじゃあねえだろうな。

又平は、男の存在に気付いているのかどうか知れぬ——。

やがて、又平の様子を窺っていた男が、何か声を発した。

栄三郎にはそれが、

「又さんかい……」

という嗄《しわが》れ声に聞こえた。

「ああ、そうだが……」

次に、又平の応《こた》える声がはっきりと聞こえた。

――いけねえ！

その刹那《せつな》、栄三郎は慌てて前へ飛び出した。

男が懐《ふところ》から、きらりと光る物を取り出したのである。

それは匕首《あいくち》であった。

「又平、逃げろ！」

と、栄三郎が叫んだのと、ほとんど同時に、

「覚悟しろ！」

と、男が又平に躍《おど》りかかった。

だが、さすがに軽業が身に付いた又平である。

男がかかってくるや、たちまち松の木の上に、駆け上がるかのように身を移した。

それへ駆け寄った栄三郎は、抜刀するやこれを峰に返し、男の匕首を持つ手に一撃を打ち込み、返す刀で足を払った。

「うッ……」

男はその場に蹲《うずくま》った。

栄三郎は注意深く辺りを見廻したが、男の仲間はいないようだ。

又平はたちまち木から下りてきて、

「手前《てめえ》、おれに何の恨《うら》みがあるってえんだ！」

地面に落ちた匕首を蹴《け》りのけるや、男の襟首《えりくび》を摑《つか》んで顔を上げさせた。

「あッ……」

男は又平の顔をまじまじと見つめると、

「あかん……、間違えた……、勘弁《かんべん》してくれ……」

あたふたとしてその場に手を突いた。

「人違いだと……」

栄三郎は又平と顔を見合って首を傾《かし》げた。

「嘘《うそ》をつくんじゃあねえや。お前、おれの名を呼んだじゃあねえか」

又平は納得がいかず問い質《ただ》した。

「いや、又さんというのは、又二郎《またじろう》のことで……。背恰好《せかっこう》も声もあんまり似《に》ていたので、その……」

男はしどろもどろになって謝《あやま》りながら事情を伝えた。

その又二郎というのもまた、この場が好きでよく海を見ていたらしい。

薄暗くて顔がはっきりしなかったので、念のため〝又さん〟と呼んだところ、そうだと返事があったので頭に血が上ってしまったという。

だが、よく見れば顔も違うし、考えてみれば、その又二郎は、この男と同じくらいの歳《とし》になっているはずだとのこと――。

栄三郎は、すっかり日が落ちた松林の中でじっと男の表情を見つめていたが、嘘はついていないと思えるひた向きさがこの男にはあった。

「で、お前の名は……」

「弥太五郎《やたごろう》と申します」

「弥太五郎……。その又二郎ってえのは？」

「おれの親分に濡《ぬ》れ衣《ぎぬ》を着せて、おれと一緒に島送りにした男です」

「島送り……。帰ってきたのかい」

「へい、昨日ご赦免《しやめん》となって、やっとの思いでこの宮の宿へ……」

「何年ぶりだい」

「二十年ぶりでございます」

「二十年か……。そいつは長かったな」

「畏《おそ》れ入ります」

「その間に親分は、死んじまったか」

「へい……。流されてすぐに……」

弥太五郎は無念の涙を流した。

栄三郎は、その涙に嘘はないと見て、

「こんなところじゃあなんだ。まずところを変えて、じっくりと話を聞こうじゃないか」

気がつくとそんな言葉をかけていた。

とんでもない人違いをされた腹立《はらだ》たしさはあるが、このまま打ち捨てておくのも気持ち悪いし、役人に突き出すことには抵抗を覚えた。

二十年ぶりに島から戻ってきて、いきなりまた役人の世話になるというのもかわいそうに思えたからである。

「ヘッ……、お許しくださるんで……」

弥太五郎は、人違いで襲った相手の連れである栄三郎を、いったい何者であろうと、きょとんとした目を向けていた。

二

「帰ってきて、二十年はとんでもなく長い歳月《としつき》だってことがよくわかりましてございます……」

弥太五郎はつくづくと言った。

栄三郎は、弥太五郎をひとまず自分達が泊まっている旅籠に連れ帰った。

幾《いく》ばくかの金の持ち合わせはあるというので、ここに泊まるよう勧《すす》めたのである。

かつて弥太五郎は、この旅籠の近くで古着屋を営む俠客《きょうかく》・みづほ屋円蔵《えんぞう》の乾分《こぶん》として顔を売っていたという。

だが、この二十年ですっかりと町の様子は変わってしまっていて、ここ〝森田屋〟にも、弥太五郎を知る者はいなかった。

弥太五郎にとっては隔世の感があったのも頷《うなず》ける。

ちょうど部屋がひとつ空《あ》いていた。栄三郎は一杯やりながら弥太五郎の身の上話を訊《き》くことにして、膳《ぜん》は自分の部屋に運ばせた。

話が話だけに、給仕の女を呼ぶわけにもいかず、

「お前のお蔭《かげ》で、むさ苦しい夜になったもんだぜ……」

と、栄三郎は部屋の隅《すみ》で小さくなっている弥太五郎にぼやいてみせたが、彼の仇討《あだう》ち話には興をそそられていた。

膳が運び込まれる頃には、〝森田屋〟の周囲を聞き込みに回っていた又平が戻ってきて、確かにかつてこの近くに〝みづほ屋〟なる古着屋があり、円蔵という俠客が店の主《あるじ》であったことが知れた。

今ではもう知る人も少なくなったが、円蔵親分も乾分の弥太五郎も男伊達《だて》の人で町の者からは慕《した》われていたそうな。

又平は、何ゆえに島送りになったかは本人から聞けばよいことであるし、あまり立ち入った話をして旅先で不審に思われてもいけないと分別をして、事実を確かめるとすぐに旅籠に戻ったのだ。

「兄さんは又二郎に濡れ衣を着せられたと言っていたが、まずその話を聞かせてもらおうか」

「へい」

弥太五郎は、人違いで又平に刃《やいば》を向けたことを深く反省していたから、栄三郎の問いに素直に応えた。

島から戻ったとて、誰が迎えにくることもなかった身には、話を聞いてやろうという栄三郎のやさしさが胸に沁《し》みた。

自分を巧《たく》みな剣捌《けんさば》きで打ち据《す》えた武士が、秋月栄三郎という江戸の剣客《けんかく》だと知れて、頼りになる人だと思ったのである。

「又二郎ってえのは、笠寺《かさでら》の又二郎といって、お役人の手先を務《つと》める男なのでございますが、これがとんでもねえ野郎で……」

みづほ屋円蔵は、親の代からの古着屋であったが、若い頃は相当な暴れ者で人に知られた。

それでも、決して弱い者苛《いじ》めはしない男伊達で、いつしか揉《も》め事などを収めるうちに、親分と立てられるようになった。

そのうちに処《ところ》の顔役から気に入られ、博奕《ばくち》場の仕切りを任《まか》されて、宮の宿の一角を取り仕切るようになった。

その過程において、弥太五郎は円蔵の乾分となった。

元は名古屋城下の桶屋《おけや》の倅《せがれ》。ぐれて喧嘩《けんか》沙汰《ざた》を繰り返し、親からは勘当《かんどう》を受けて宮へ流れてきた弥太五郎であった。

それが男伊達と評判の円蔵と出会い、すっかりと心酔して、勝手に〝みづほ屋〟を手伝うようになり一の乾分を気取った。

親分などと呼ばれるようになったのは、己《おの》がやくざな道に足を踏み入れたからこそ。

一生独り身を通し、親分なしの乾分なしで生きていこうとしていた円蔵は、弥太五郎を乾分として認めなかったが、弥太五郎は傍から離れず、いつしか円蔵も根負けをして〝みづほ屋〟に迎えた。

あれこれと円蔵に持ち込まれる揉め事も多くなり、一人では仕切りきれなくなっていたので、円蔵の想いとは裏腹《うらはら》に、乾分を持つ必要にも迫られていたのである。

やがて、弥太五郎の他にも、海原《うなばら》の伝助《でんすけ》、黒鼠《くろねず》の長吉《ちょうきち》という乾分を持つことになり、円蔵一家は古着屋の男伊達として、町の衆から頼られる存在となった。

「楽しゅうございました……。弟分もできて、皆で親分を守《も》り立てようと……」

弥太五郎は、過ぎし日を想い涙ぐんだ。

「そんな〝みづほ屋〟を、快《こころよ》く思っていなかったのが又二郎ってところかい」

「へい。奴は町外《はず》れの小さな笠屋の倅でした。それが、おれと同じ暴れ者で、名を上げるようになったのでございます」

「役人の御用を仰《おお》せつかっていたというが……」

「腕っ節がよくて小回りが利《き》くので、お奉行様ご配下の坂巻志之助《さかまきしのすけ》という旦那の手先を務めるようになったのでございます……」

弥太五郎が宮に流れてきた頃は、又二郎も町で暴れていて、二人は互いを認めるようになり仲が好《よ》かった。

小さいながらも〝笠寺〟という笠屋の倅であったから、みづほ屋円蔵の乾分になるよう誘いはしなかったものの、又二郎は円蔵に一目置いていたし、伝助、長吉達とも交流があった。

ところが、役人の手先を務めるようになってから、又二郎は彼らと一線を画《かく》し始めた。

熱田奉行は御船奉行をも兼任し、常任の御船奉行である千賀《ちが》氏と共に、宮の湊を取り締まった。

それゆえに、宮の町においては大きな権限があり、その配下の同心・坂巻志之助から御用を仰せつかる又二郎にしてみれば、同じ親分と呼ばれる身でも、

「〝みづほ屋〟とおれとは格が違う……」

と、思うようになったのであろうか。

さすがに円蔵には面と向かって言うことはなかったが、

「この辺りには笠寺の又二郎がいるんだ。〝みづほ屋〟の親分も、そろそろ古着屋に落ち着いて揉め事などはおれに任せてくれたらいいんだよ」

方々で、そんな大きな口を利くようになっていった。

お奉行様の御用を承《うけたまわ》る身と言いながら、どうやら又二郎は円蔵を引退に追い込んで、円蔵が仕切っている賭場《どば》を自分の手の内に収めようと企《たくら》んでいるようだ。

同心の坂巻志之助も、僅《わず》かな小遣《こづか》い銭で手先に使っているのである。

又二郎が賭場のテラ銭を懐に入れるのは、目こぼしにするのであろう。

むしろその金が、坂巻の小遣い銭になるのかもしれない。

「又二郎は好いところに目を付けやがった。だが、おれの目の黒いうちは、奴の勝手にはさせせねえ……」

円蔵は、又二郎の野心をはねつける覚悟を示した。

かつて自分を引き立ててくれて、賭場を任せてくれた町の顔役は既にこの世になく、何としてもこの縄張りを守り切らないと、申し訳が立たなかったのだ。

賭場など誰にくれてやってもいいが、役人に取り入ることで己が縄張りを広げようとするような男は、真の俠客とは言えない。

欲に取り憑《と》かれた亡者である。

そんな男が賭場を仕切ったとて、世の為人《ため》の為に、そのテラ銭を役立てるとも思えない。

むしろ欲の深みにはまって、金と力で阿漕《あこぎ》な稼《かせ》ぎに走らんとも限らない——。

円蔵はそのように思ったのだ。

弥太五郎は、円蔵の想いを、

「さすがは親分だ……」

と深く受け止めて、ある日、かつては仲の好かった笠寺の又二郎に会いに行き、詰《なじ》るように真意を問い質した。

肝《きも》が大きいと評判ゆえに、太《ふと》の弥太五郎と人に呼ばれた男であった。

真正面から問い詰《つ》められると、又二郎もたじろいで、

「弥太、お前は思い違いをしているようだ」

と、縄張りを奪おうなどとは思っていないと否定した。

「おれも、人さまの役に立てると思ったから、坂巻の旦那の御用を務めるようになったのよ」

又二郎が言うには、その自分が、男伊達とはいえ博奕場を仕切る一家の者と表向き親しくは出来ない。

それゆえ、自分の態度は空々しく映《うつ》るかもしれないが、御用を務めるからといって円蔵親分をどうこうしようというつもりもない。

本当にそう思っているならば、もうとっくに奉行の威光を借りて、賭場を暴くぐらいのことをしているはずだ。

それをしないのは、〝みづほ屋〟を立てつつ、奉行の手先となって、許せない悪事を追いかけている何よりの証《あかし》ではないか。

むしろ自分のように、男伊達の親分を好しと認める者が、奉行の御用を務めている方が町にとってよいのだ——。

そう言われると、元来人が好くて思い込みの激しい弥太五郎はすっかりと納得してしまって、

「わかった。おれの思い過ごしだったようだ……」

又二郎とその場は別れた。

そして、弟分の伝助と長吉にもその由《よし》を伝えて、

「おれ達も男だ。信じてやろう」

と、説《と》いたのである。

ところが、それから一月《ひとつき》ほど経《た》ったある日。

突然、〝みづほ屋〟に坂巻志之助率《ひき》いる熱田奉行配下の役人達が押し寄せて、店を調べ始めた。

「何をなさるんで……」

弥太五郎達は理由を聞きたいと迫ったが、

「先般より当地に逗留《とうりゅう》をしている、古着屋の康蔵《やすぞう》なる男を知っていよう」

坂巻は円蔵に問うた。

「へい、知っております……」

円蔵は静かに応えた。

康蔵なる古着商とは、数日前から円蔵の行きつけである居酒屋で何度も顔を合わせていた。

旅の古着商で、円蔵が同業だと聞きつけて、名古屋、宮、桑名辺りの売れ筋を熱心に訊《たず》ねてきたので、円蔵はいちいちそれに応えてやり、店に呼んでやったりもした。

「昨日、宮を発《た》つと言っていましたが、康蔵さんがどうかしましたか……」

「その康蔵が、禁制の品を扱っているとの報せが入った」

坂巻は声高《こわだか》に言った。

「何ですって……」

「それゆえ、康蔵を手配しておるのだが、同じゅうしてあ奴と懇意《こんい》にしておった者の家を調べておるのだ」

「お待ちください。では、手前が康蔵さんから何か仕入れていたとでも……」

「そうであってもおかしゅうはなかろう」

「まさか……。あの男とは少し前に出会い、同業ということで話が弾《はず》んだだけでございます」

「蛇《じゃ》の道は蛇《へび》……、ということもあろう」

「そのようにお思いならば、ご得心《とくしん》いただくまでお探しください」

そんなやり取りが続いた後、あろうことか、古着の行李《こうり》の中から、革袋に入った一丁《ちょう》の短筒が見つかったのである。

それは、火縄式から一歩進んだ、西洋の火打ち式の銃で、撃鉄の先に火縄ではなく、燧石《ひうちいし》が取り付けられている、当時としては真新しい異国の短筒であった。

栄三郎は話を聞くや、

「そいつはまた、とんでもねえものが出てきたんだな……」

と、顔をしかめた。

「ひどい話で……」

「まるで覚えはなかったんだな」

「もちろんでございます」

「そりゃあそうだな。そんな異国の短筒、持っていたとてどうしようもねえや」

「だが、聞き入れてはくれませんでしたよ……」

みづほ屋円蔵が、古着屋の康蔵と一緒にいるところは、色んな人に見られていた。

中には、熱田奉行、御船奉行配下の役人も目撃していて、円蔵は康蔵と密《ひそ》かに禁制品の販路を築こうとしていたと捉《とら》えられたのだ。

「それで問答無用かい」

「へい、親分に何をしやがるんだと暴れたら乾分達もしょっ引かれて……」

結局、全員入牢《じゅろう》の後、円蔵と弥太五郎は尾張徳川家への謀反《むほん》を企《くわだ》てたと大層な罪を問われて篠《しの》島へ流罪となり、海原の伝助と黒鼠の長吉はそれに連座して、十年間尾張国所払いとなった。

入牢の後、伝助と長吉には会っていない。

弥太五郎は円蔵を支えつつ、島での暮らしを送ったが、絶望の中、円蔵は島で病にかかり、二年暮らさぬうちに死んでしまった――。

「それがみんな、又二郎の仕業《しわざ》だと言うのかい」

「そうに決まっておりますよ……」

篠島に流された後、時折、島に渡ってくる船頭から国の様子を聞くことが出来たのだが、その内の一人から、笠寺の又二郎が賭場の仕切りなども乾分にさせて、今は好い羽振りだと報されたという。

「口先では円蔵親分のことを立てながら、奴はそっと縄張りを狙《ねら》っていたんだ……。それで、親分に濡れ衣を着せて島へ送った……」

弥太五郎の口許《くちもと》が怒りで歪《ゆが》んだ。

「まずお前さんの言う通りかもしれねえな。又二郎は旦那の坂巻をたぶらかして、古着屋の康蔵という男を仕立てて、親分に近づけた。そうして、親分が康蔵と親しげにしている様子を見せつけて、親分が仲間だったと決めつけたのであろうよ」

「てことは古着屋の康蔵というのは、役人と又二郎がでっちあげた悪党というわけで？」

又平が首を傾げた。

「そうだとしか思えねえ。手配中だと言ったのはいかにも怪しい。後で古着屋の康蔵は捕物の中《ちゅう》に命を落とした……、などとしてしまえばよいのだからな」

その通りだと、弥太五郎は何度も頷いた。

「その御禁制の短筒ってえのはどこで仕入れたんですかねえ」

又平はどうも納得がいかない。

「そんなものは、今までに別の一件で押さえた証拠の品をちょっとの間寝かせておいて、それを役人が手前の懐に忍ばせて、〝みづほ屋〟の中のどこかに隠しておくよう、細工をしたんだろうな……」

「この二十年、そんなことばかりを考えていましたよ……」

弥太五郎は、わかってくれる人に出会えたと感激して身を震わせた。

「だがなあ、弥太五郎さんよ。二十年の恨みはわかるが、いきなり匕首を抜いて襲いかかるのはあまりに短慮だ」

栄三郎はまず弥太五郎を落ち着かせようとして、穏《おだ》やかに窘《たしな》めた。

「仰《おつしや》る通りで……、宮へ戻って初めに見かけた人影が、又二郎によく似ておりましたので、つい頭に血が上ってまって……」

弥太五郎は少し気が静まったようで、話す言葉に尾張訛《なまり》が出た。

「初めに見かけた人影が又平だった……。てことは、まだ町の様子は何もわかっちゃあいねえわけだね」

「へい、旦那に打ちのめされて、そのままこちらへ参りましたので何も……」

「そんならまず、あれやこれやは明日にして、今宵《こよい》は御赦免の祝いだ。何もかも忘れてパーッといこうじゃあねえか。よく生きて戻ってきたね……」

栄三郎は、せっかくの宮の夜を無駄にしたくなかった。今宵は弥太五郎の昔を肴《さかな》に、女達を呼んで賑やかにいこうと頷いてみせた。

弥太五郎は、長く忘れていた人の親切に触れて、感涙にむせんだ。

心が落ち着くと弥太五郎の脳裏に一人の女の顔が浮かんできた。

それは、円蔵一家行きつけの居酒屋の女中・おのぶであった。

弥太五郎とおのぶは惚《ほ》れ合っていた。

だが、生涯独り身を通した円蔵を見倣《みなら》う弥太五郎は、やくざに女房はいらぬと恰好をつけて、二人の仲はなかなか進まなかった。

それを見かねた円蔵が、

「おれの真似《まね》をするな、たわけが……」

と、弥太五郎を諭《さと》し、やっと所帯を持とうと決めた時に島送りとなった。

名古屋城下の親も死に、身内とていない弥太五郎に、おのぶは流人《るにん》に認められる銭《ぜに》の携行の限りまで用意をしてくれた。

弥太五郎はこれをありがたく受け取った。

いつか赦免となった時、この銭で御礼参《おれいまい》りの仕度《したく》を調《ととの》えようと思ったからだ。

しかし、そのおのぶには、

「おれのことは忘れてくれ。たとえ御赦免になってもお前には報せねえ……」

と、告げた。

身を引き裂かれる想いであったが、どう考えてもそれがおのぶのためだと思ったのだ。

明日になれば色々なことがわかるであろうが、おのぶの消息だけは訊くものかと心に決めた。

今は四十も過ぎて、誰かの女房となり、子を持つ身となっているであろうが、その幸せを確かめることさえ辛《つら》いほど、弥太五郎の胸の内には未《いま》だおのぶが住んでいた。

抱き締めると肉付きのよい体が、弥太五郎の腕の中で跳ね返る──。

心で忘れようとして体が覚えている、おのぶの思い出を消し去らんとして、その夜、弥太五郎は酔い潰《つぶ》れるまで飲んで、秋月栄三郎のやさしさを甘受《かんじゅ》したのである。

三

翌日。

弥太五郎は色んなことを知った。

二十年の歳月を経《へ》て、すっかりと変わってしまった町並ではあったが、陽光は町に施《ほどこ》された化粧を落とし、素顔に戻してくれた。

栄三郎と又平が宿を取った〝森田屋〟は、随分《ずいぶん》前に代が替わっていて弥太五郎を知る者はいなかったが、朝となり辺りを歩いてみると、

「弥太さん……、弥太さんじゃにゃあか……」

と、いかにも懐《なつか》しそうに声をかける者も数多《あまた》いたのである。

栄三郎はきっちりと袴《はかま》をはき、両刀を腰に帯び、人品卑《いや》しからぬ江戸の手習い師匠となって、弥太五郎に付き添ってやった。

島帰りの身は肩身が狭かろうゆえ、

「御赦免をいただいた後は、この先生のお世話でご奉公することになってな……」

と、言えるようにしてやったのである。

弥太五郎を知る者は、当然のごとく彼が抜荷の廉《かど》で、親分の円蔵と流罪になったことを覚えている。

しかし、その一件については誰もが首を傾げていたという。

南蛮渡りの短筒を仕入れたとて、いったい誰が買うのであろうか、さっと誰かに陥《おとしい》れられたに違いない。また、人殺しをしたわけでもないし、あれこれ町の衆のために世話を焼いてくれた円蔵を島送りにするなどとは、役人のすることはわからない――。

そんな風に言い合っていたらしい。

「ありがたい……。だが、そんな疑いをかけられるのもやくざ者だからこそ……。親分はそう言いなすった。おれもそう思う……」

弥太五郎は誰に対してもそう応え、とにかく自分はこうして帰ってこられたので、心配をかけてすまなかったと詫《わ》びた。

御領主様が下した裁決に、あれこれ恨みがましい言葉を並べて回っては、役人に睨《にら》まれて町の衆にも迷惑が及ぶやもしれない。

心の内では復讐に燃えていたとて、それを決して表に出さぬようにと、昨夜秋月栄三郎に説かれた弥太五郎は、これを素直に守ったのである。

だが、町を行くうちに、笠寺の又二郎に行き合えばどうしよう……。

その想いだけは常に弥太五郎の胸の内に渦巻いていた。

短筒の一件は又二郎が仕掛けたに違いなかろう。

それでも確たる証拠はないし、又二郎は空惚《そらとぼ》けて、

「よく帰ってきたな……」

などと声をかけるに違いない。

そして逆上して襲いかかれば、また引っ捕えられるであろうし、又二郎に後ろめたいことがあれば、再び弥太五郎を陥れるかもしれない。

宮の宿に帰ってきたのはいいが、これにはそういう危険が潜《ひそ》んでいた。

それゆえ、弥太五郎は緊張していたし、栄三郎もいざとなれば、うまくその場を取り繕《つくろ》ってやろうと構えていたのだが、それが取り越し苦労であったことがすぐに知れた。

みづほ屋円蔵と乾分達が捕えられた後、しばらくの間は羽振りも好く、町で幅を利かせていた又二郎であったが、彼の旦那であった熱田奉行配下の同心・坂巻志之助が役替えとなった後、宮の町から姿を消したというのである。

町の衆も、〝みづほ屋〟の一件は又二郎が仕組んだのではないかと内心思っていた

ようで、弥太五郎の姿を見かけるや、すぐに又二郎についての噂《うわさ》を持ち出してくれたのである。

「ふん、奴も後ろめたい想いがあったから、町にいられなくなったに違いない……」

弥太五郎は冷静を装《よそお》いつつ吐き捨てるように言ったものだが、又二郎の行方は誰も知らず、歯噛《はが》みした。

同心の坂巻が御役替えになったので、自分もこの辺りが引き際だと決め、円蔵無き宮の縄張り内を荒らすだけ荒らして、その金を持って町を出たに違いない。

弥太五郎はその想いを新たにして、栄三郎に見守られながら、一旦《いったん》旅籠へ戻った。

その道中、かつておのぶが女中をしていた居酒屋の前を通ったが、そこは熱田名物の藤団子《とうだんご》を扱う菓子店となっていた。

五色《ごしき》の環《わ》に仕上げた干菓子《ひがし》を麻ひもで結った藤団子が店先に美しく並べられてあったが、店内を見渡してみても、おのぶの姿はどこにも見えなかった。

わかりきったこととはいえ胸が痛かった。

弥太五郎は旅籠の一室に入ったが、しばし押し黙って、この先のことに頭を抱えた。

この町に笠寺の又二郎がいなかったのはある意味では幸いであった。弥太五郎の顔と名前が売れていないところの方が、復讐を果しやすいというものだ。

しかし、その行方がまるでわからないというのであれば、何も出来ない。

さらに、十年間の所払いを受けた、海原の伝助と、黒鼠の長吉のその後を知る者もいなかった。

伝助も長吉も既に刑期を終えているはずである。時折は宮へ顔を出して、親分の無念を晴らす心意気くらい見せてもよさそうなものではないか。

ましてや、又二郎は町からいなくなり、弥太五郎はいつ赦免になるかもしれないのだ。

三人手を組めば、又二郎を見つけることくらい出来るかもしれないとは思わないのであろうか。

そう考えると、弥太五郎の胸の内に、ある疑いが湧《わ》いてきた。

それは何故《なぜ》、円蔵、弥太五郎と共に、伝助、長吉が流罪とならず、十年の間尾張国所払いとなったのかということである。

島流しというものは、島の土を踏んだ瞬間から何事も自分で調達して生きていかねばならない。

住処《すみか》はというと、許された土地で洞穴を探してそこを住めるようにするか、以前住んでいた流人の掘立て小屋を見つけてこれを改築して己が家とするか。

食べ物は、島の村人の手伝いをして、そのおこぼれに与《あずか》ったり、自分で魚を獲《と》って食べるかして飢えをしのぐ。

そんな暮らしを送らねばならないゆえに、親分の円蔵と共に弥太五郎を流罪にしたのは、役人の情けであったのだろう。

といって他にも乾分をつけると、結託して島抜けのひとつも企みかねない。

その配慮から、伝助と長吉は尾張国所払いで済《す》んだのかもしれない。

この二人は乾分といっても弥太五郎に比べると小粒で、南蛮渡りの短筒を密かに仕入れるほどの度量もないはずだ。

〝みづほ屋〟から短筒が見つかったとて、流罪に処すには忍びないとのことだったのではないか――。

今まで弥太五郎はそう考えていたし、円蔵と共に、弟分二人が流罪にならずに済んだことを喜んでいた。

だが、十年の所払いの刑期を終えたというのに宮へはまるで寄りつかず、弥太五郎の赦免がいつになるか、気にかけている様子が見受けられないところを見ると、

「もしやあの二人……、親分を売りやがったのでは……」

そんなうがった気持ちが頭をもたげてきたのだ。

栄三郎は根気よく弥太五郎の話を聞いてやって、

「そいつは考え過ぎじゃあねえのかい」

と諭したが、二十年の間復讐心に凝《こ》り固まってきた弥太五郎は、物事を冷静に見ることが出来なくなっていた。

「いや、今思えば、伝助も長吉も、あの一件が起こる少し前、ちょくちょく又二郎と会っていたようなんで……」

もしかしたら、あの二人が又二郎に頼まれて、あの短筒を古着の入った行李に忍ばせたのではなかったか――。

弥太五郎はそんなことまで思い始めた。

役人達が、どさくさに紛《まぎ》れて忍ばせたとも考えられるが、

「今思えば、役人はひとつひとつ、おれと親分を立ち会わせてから、押入れ、行李、箪笥《たんす》などを開けていったような気がいたします」

考えれば考えるほど、弥太五郎の猜疑《さいぎ》は強くなる。

「弥太さん、疑い出したらきりがねえよ……」

栄三郎はやれやれという顔をした。

弥太五郎の話を聞くと、海原の伝助と黒鼠の長吉が関わっていたとも思えぬことはない。

海原の伝助は七里の渡しの船頭崩れ。

その昔、船荷に手を付けたのを見つかり、こっぴどく船主に叱《しか》られて、からかった水夫《かこ》達と喧嘩になった。

それを通りすがりに収めたのが円蔵で、伝助はそれ以来、〝みづほ屋〟に出入りするようになり、ついには乾分になった。

黒鼠の長吉は、十二の頃からぐれて盛り場をちょろちょろと動き回っていたのでその名がついた。

どぶ鼠《ねずみ》というには姿が美しく、整《ととの》った顔立ちをしているので、黒鼠と呼ばれるようになったのだそうな。

女手ひとつで長吉を育てた老母は、倅の先行きを案じて、ある日〝みづほ屋〟に円蔵を訪ね、ここで働かせてやってくれるよう頼み込んだ後、この世を去った。

どうせ、やくざ者になるのならば、円蔵の許に預ける方が人様に嫌われはすまい――。老母はそう思ったようだ。

伝助も長吉も、円蔵の許にきてからは古着屋を営み、博奕場を仕切り、方々で揉め事を収めるのに尽力したから、町の者達には男伊達の若い衆として好かれはした。

しかし、二人共に元を問えばろくでもない男で、

「親分も、まあちいと欲を出しゃあええのだがなも……」

などと、金儲《もう》けを嫌い、あぶく銭は世の為人の為に使い切ってしまうことを美徳とする円蔵に、陰では不満を洩《も》らしていることもあった。

その二人に、

「十年の間、尾張を離れにゃあいかんが、金さえありゃあ、どこでだって楽しく暮らせるってもんだ……」

などと又二郎が持ちかけたとしたらどうであろう。

今頃は二人共、どこかで又二郎と同様に、二十年前の一件など忘れて、よろしく暮らしているのかもしれないと、弥太五郎には思えてくるのだ。

「もしもそうだとしても、弥太さんにも、これからは新しい暮らしが待っているはずだ」

この先の幸せを考えて、親分の仇討ちなどは忘れてしまうべきだと栄三郎は説いた。

「先生、そのお言葉はありがたいが、聞き入れるわけには参りません……」

弥太五郎は、秋月栄三郎という武士には、すっかりと心を開き打ちとけたが、それでも親分の無念を忘れることは出来なかった。

「新しい幸せといって、もう五十になろうかというおれに、どんな幸せが待っていると仰るんで」

弥太五郎はそう言うと横を向いた。

「どうあっても仇は討つと言うのだな」

栄三郎は苦笑した。

無理もない。この先の幸せなどとは、他人が思い描く勝手な幻想に過ぎないのかもしれない。

無実の罪で、一番大事な二十年を奪われたのである。

帰ってきて、さあこれから幸せになろうとは思えまい。弥太五郎の想いもよくわかる。

「う〜む……」

腕組みをしつつ、栄三郎は思い入れをした。

連れの又平が人違いで襲われただけの間柄である。弥太五郎の二十年間に免じて許してやって、後は放っておけばよい話であった。

それが、弥太五郎の仇討ちと更生について、共に悩んでいる自分が滑稽《こっけい》で仕方がなかった。

こんなことをしたとて、一銭の得にもならない。うだうだとしていると、いつまで経っても目指す大坂へは着くまい。

「後は思うようにするがいいや。だが命大切にな……」

そう言い置いて、七里の渡しから海路桑名へ向かえばよかったのだが――。

思案していると、又平が外から戻ってきた。

この男もまためでたい男で、命を狙われた弥太五郎のために、宿場に入ってすぐにある本陣の真北に位置する地福寺へ、朝から行っていたのである。

寺の住持が、かつて黒鼠の長吉の碁敵《ごがたき》で、懇意にしていたというので、何か報せが入っていないか聞き込みに行っていたのだ。

長吉はおもしろい男で、学はまるでないくせに、碁が打てた。

日頃はちょこまかと、円蔵の遣いで方々出向くうちに、数人の碁敵が出来て、何がどうなったかはしれないが、ここの住持と碁を打つことが多かったらしい。

昔、弥太五郎は、長吉に用を頼んだというのに、一向に地福寺から戻ってこないので、ついに乗り込んで碁を打つ長吉を引きずり出して、

「くそ坊主！　おれ達はお前らみたいに暇じゃあにゃあ！」

と、住持に怒ったことがあった。

それゆえに、自《みずか》らはどうも訪ねにくかったのであるが、ここの住持なら、その後の黒鼠の長吉の消息を知っているかもしれない。

それで又平がひとっ走りしたわけだが、ちょうど好い間合に戻ってきてくれた。

「おもしろい話を聞けましたよ」

又平は声を弾ませた。

「又平さん、本当か……！」

弥太五郎は身を乗り出した。

「長吉さんからは何の便《たよ》りもないが、大須《おおす》観音で、それらしい男を見かけたとか」

「大須観音……。奴め、あの辺りの料理屋の亭主にでも納まってやがったか……」

「いや、それが、紙屑《かみくず》拾いの恰好をしていたとか……」

「紙屑拾い……？」

た。

四

寶生院《ほうしょういん》は、北野山真福寺《きたのさんしんぷくじ》と称して、南北朝の頃に尾張国長岡《ながおか》庄大須郷に創建された。

後醍醐《ごだいご》天皇がこの地に北野天満宮を造営した後にその別当寺となったのである。

慶長《けいちょう》十七年（一六一二）に徳川家康《いえやす》の命により、名古屋城の南方に移された後も、大須観音の名で親しまれ繁栄していた。

秋月栄三郎と又平に付き添われ、弥太五郎はまず寺の境内《けいだい》へとやってきて、参詣《さんけい》もそこそこに黒鼠の長吉の姿を捜し求めた。

「紙屑拾いなどとは、人目を欺《あざむ》く方便に決まっております」

地福寺の住持は、人混みに見失ってしまったが、確かにあれは長吉であったと又平に告げた。

しかし、長吉が紙屑拾いで方便《たっき》を立てているなどと、弥太五郎には信じられなかった。

親分の円蔵は古着屋であったから、

「やくざ者が人様より着飾るのはもっての外だが、着物を商《あきな》う者が見苦しい形《なり》をしていてはいかん」

と、乾分達を戒めていた。それを誰よりも守っていたのが長吉であった。

別段高価な織物で仕立てるわけではなかったが、色柄や着方に気を配り、整った顔立ちと相俟《あいま》って、なかなかに女にもてた長吉であった。

時にその恰好のつけ方が気に入らず、

「お前は色男だよ」

と、からかいつつ頭をはたいてやったこともあった。

その長吉が何か商売を始めていたとしても、汚い恰好で屑を集めて暮らすような生業《なりわい》についているとは夢にも思えなかった。

「人違いでないとすれば、そんな姿で世を欺き、誰かの手先となっているに違いない……」

弥太五郎はそう断じたのである。

「そう言っていても始まらぬ。まず訊ねてみるとしよう」

栄三郎は弥太五郎を宥《なだ》めながら、又平に寺男から訊いてみるようにと申しつけた。

さっそく又平は境内を足早に歩き廻ると寺男を捉えて、江戸から出てきたのだが、寺の由緒を教えてくだされと話しかけ、そこから寺男と親しくなり、長吉という紙屑拾いがこの辺りにいないかとうまく持ちかけた。

すると寺男は、長吉の特徴などを聞いた上で、

「それなら、皆が〝長さん〟と呼んでいる、あの人であろう……」

と、すぐに心当たりを教えてくれた。

大須観音の裏手に、九兵衛《きゅうべえ》という紙屑屋がいて、長屋の隅の一軒を借りて選《よ》り子を雇い、紙屑の選り分けをしているという。

そこへ、長さんという紙屑拾いが、方々で買い集めた反古紙《ほごがみ》などを運んできて、売っているのだ。

弥太五郎はこれを聞いて、首を傾げた。

それならまったく真面目《まじめ》に紙屑拾いをして暮らしていることになる。

「あの長吉が……」

「それが本当であることを祈っておやり」

栄三郎は、弥太五郎を促《うなが》して、大須観音の裏手へと足を運んだ。

日はゆっくりと傾きかけていた。

表通りに面した長屋の端《はし》に、それらしき一軒が見えた。

表には紙屑の入った俵《たわら》や籠《かご》が積まれてあった。

中を覗《のぞ》くと、年配の女が二人、板間に座って紙屑を選り分けている。

裏店《うらだな》の女房達が代わる代わる勤めているのであろう。

二人の目の前に雑然と置かれた紙屑は、見るからに埃《ほこり》くさそうで、暮れかけている空と相俟って、何やら物悲しさが漂う。

紙屑拾いは何度もここへはやって来るというので、常三郎、又平、弥太五郎の三人は、紙屑屋の表が見渡される煮売《にうり》屋を見つけて、そこで腹ごなしをしつつ〝長さん〟が来るのを待った。

すると小半刻ほどで、弥太五郎の顔色が変わった。

一人の紙屑拾いがとぼとぼとやってきて、担いだ竹籠をけだるそうに軒先に置いたのだ。

「長吉……」

頭には手拭《てぬぐ》いを載《の》せ、洗いざらした半纏《はんてん》を着て、よれよれの股引《ももひき》には膝《ひざ》のところに四角のつぎが当たっている。太い鼻緒のすがった草履を引っかけた足許には、元は何色だったかわからないような、所々穴の開いた足袋《たび》が見えた。

「親方はいりゃあすか……」

紙屑拾いは選り子の女房に声をかけると、親方がいないのなら、今日はこれを置いておくからよろしく頼むと伝えて、汗を拭《ふ》きつつ歩き出した。

「どうだい……？」

栄三郎は弥太五郎を見た。

弥太五郎は間違いないと頷いた。その顔はとにかく渋いものであった。

「あの長吉が……」

かつては黒鼠と呼ばれたすばしっこい男で、いつも恰好をつけ素足に雪駄《せった》履きで、
好い音をさせながら町を行き、女達に騒がれた長吉であった。

顔と声は確かに長吉のものであるが、何と風情《ふぜい》が変わり果てたことか。

「行こう……」

栄三郎は弥太五郎の肩を叩《たた》いて店を出た。

又平は既に、歩き始めた長吉の後について歩いている。

長吉はそのまま紙屑屋の裏に続く棟割長屋へと向かっていた。

九尺二間の薄汚れた一軒に、長吉は入っていく。

弥太五郎は一旦閉まった腰高障子をガタガタと開けると、思わぬ訪問者にぽかんと
する長吉に、

「帰ってきたぞ……」

ぽつりと言った。

「兄貴……」

長吉はたちまち凍《こお》りついたような表情となり、

「すまん……、すまん……！」

ぼろぼろと涙を流した。

「このたわけが！　それが、おれの弟分の黒鼠の長吉か……！」

しっかりしろと叱りつけたが、調度といってても何もなく、一間の上にぽつんと置いてある割れ茶碗《ぢやわん》を見ると、今の長吉の風情と合わせて、長吉がこの二十年の間、いかなる暮らしを送ってきたかが窺い知れる。

二十年間の苦節が、かえって人への疑いを強くしたとはいえ、長吉が笠寺の又二郎から金を摑まされて親分を売ったと思い込んだ自分が悲しくなった。

「泣くな……、たわけが……」

叱りつける声も小さくなり、弥太五郎は、弱々しく上がり框《かまち》に腰を下ろし、戸の向こうから心配そうに中を覗いている栄三郎と又平に、頰笑《ほほえ》んだ。

その泣きそうな表情を見せられると、栄三郎と又平は、やはりそのまま帰れなかったのである。

それから長吉の述懐が始まった。

弥太五郎は、栄三郎と又平との経緯《いきさつ》を長吉に手短に語り、二人を一間の内に請《しょう》じ入れ一緒に話を聞いてくれるよう頼んだ。

長吉の暮らしぶりを見れば、こ奴が裏切ったわけではないとすぐに知れたが、今度は円蔵の乾分たる者が、親分の仇を討つでもなく、紙屑拾いに甘んじていることが腹立たしくなってきた。

「お前は何をしていやがった。おれも、この又平さんを又二郎と間違えたりして、どえりゃあしくじりをおかしてまったが、きっと親分の仇は討ってやるつもりだ！」

怒ることで、弥太五郎は己が士気を守り立てようとした。

長吉は、そんな弥太五郎を懐しそうに見ながら、

「おれも伝助兄貴も、親分を何とかせんといかんと思ったよ……」

と、まだ勢いのあった若い頃を思い出して声に力を込めた。

「伝助のたわけはどうしている？」

弥太五郎は、怒りの矛先を伝助に向けたのだが——。

「死んじまったよ……」

長吉は一転して弱々しい言葉を吐いた。

「死んだ……」

「兄貴は、親分と弥太五郎兄貴を助けにいくと言って……」

長吉と伝助は、尾張国からの追放刑を受けた後、三河《みかわ》国大浜《おおはま》へと移り住んだ。

ここに伝助の昔馴染《なじみ》の漁師がいたのだ。

伝助はかつては船頭であったから、漁師達を手伝い、浜の仕事にありついて、なかなかにたくましく過ごした。

長吉は伝助に付き従い、何とか彼のおこぼれに与って生き長らえた。

それもこれも二人して企んだ、ある計画を実現するためであった。

三河国大浜は、尾張との国境に位置して、円蔵と弥太五郎が流された篠島に、ほど近い。

そこで伝助はここに暮らし、

「いつか舟を仕立てて篠島へと向かい、夜に舟を沖へ着け、そこから島へは泳いで渡り、親分と兄貴を見つける……。そうしてまた夜を待って島のどこかに舟を着け、二人を島抜けさせるのよ……」

と、思い付いたのである。

真に無謀な計画ではあったが、若い伝助は身に覚えのない罪で流罪になった円蔵と弥太五郎の無念を晴らして、役人達に一矢報《むく》いたかったのだ。

伝助はそれなりに腕も度胸も持ち合わせていたし、長吉は陽気で座持ちが好い。

二人は、漁師達の博奕を仕切ったりもしながら浜に親しみ、やがて廃船を改修して舟を得た。

そして二年が経った夏のある夜。

伝助が舟を漕《こ》ぎ、その舟で海へと出たのであった。

ところが、間の悪いことに沖へ出たところで大しけに遭《あ》い、二人共海へ投げ出されて、伝助は帰らぬ人となり、長吉は近くの浜に打ち上げられ九死に一生を得たのである。

「伝助がそんなことを……」

長吉の話に、弥太五郎は声をあげて泣いた。

頭が悪くて、すぐに熱くなって失敗をしでかすことにおいては弥太五郎以上であったが、親分を想う心は、弥太五郎に負けず劣らず持っていたのである。

あの一件で罪を受けた二年後に、伝助と長吉が二人して、円蔵と弥太五郎を島抜けさせようと、海に舟を浮かべていたなどとは思いもよらなかった。

同じ頃に、円蔵が島で死んでいたとは何たる皮肉であろうか。

「長吉、お前はそれからどうした」

弥太五郎が長吉にかける声も、すっかりとやさしくなっていた。

「しばらくは浜で暮らしたよ……」

長吉が打ち上げられたのは、隣の漁師町で、助けてくれた漁師の後家と一緒になった。

この頃はまだ若くて、整った顔立ちも崩れてはいなかった長吉を後家は気に入ったのである。

後家は歳上で、十三になる倅がいた。

伝助のようにたくましくはない長吉は、生きていくには止《や》むなしと後家の言うがままになって暮らした。

所払いになった身には安寧《あんねい》な暮らしなど、望むべくもなかったのだ。

そうして長吉は頼りないが、愛敬《あいきょう》のある、少し色男の漁師として平凡に暮らした。

所払いの身を顧みず宮へ戻って、憎き又二郎に仕返しをする気力も失せた。

自分が一人で行ったとて、返り討ちにされるだけであるし、ここの漁師達に迷惑が及ぶとも思ったのだ。女房には自分の過去を話した。


「仇討ちなど物騒なことは忘れて、ここで穏やかに暮らしておくれ」

女房は長吉を宥めつつも、人を遣《や》って宮の様子を調べてくれた。

すると、島で円蔵は死んで、弥太五郎もいつ赦免になるかわからぬ様子だと知れた。

おまけに、笠寺の又二郎という親分も、今は宮にいないという。

それを聞くと、長吉の気持ちはますます萎《な》えた。

「情けねえ話だが、ほっとしたのも本当だ」

長吉はうなだれたが、横手《よこて》で話を聞いていた栄三郎は、

「いや、おれはよくわかるよ。島で生きていくのと同じように、所払いの身で生きていくのは大変だったことだろう……」

弥太五郎に言い聞かせるように言った。

「おれもわかる……」

弥太五郎も相槌《あいづち》を打った。

長吉は少し解き放たれたように頬笑んで、

「それが今では紙屑拾いだ……」

「漁師の家は追い出されたのか」

弥太五郎が訊ねた。

「ああ、女房が死んじまってな……」

元々、息子とは折合いが悪く、大きくなるにつれて前夫の親類と結んで長吉に反抗するようになった。

その上に女房が死んだとなれば、長吉に居場所はなかった。気がつけばちょうど十年が経っていた。

故郷が恋しくなってもいた。

それで、そっと宮へ戻ってみたのだが、元々色黒であった顔はさらに潮に焼かれ、気苦労が多かったからか随分と老《ふ》け込んでいた。

道行く者で長吉を覚えている者もなく、頼りの弥太五郎の赦免もまるでわからないようであった。

笠寺の又二郎の消息も知れなかった。

方々訪ねて、再びここで暮らしていこうかとも思ったが、この町で黒鼠の長吉と呼ばれて少しは人に知られた自分が、惨《みじ》めな姿を人にさらしたくはなかった。

だが、宮の近くにいればいつか弥太五郎に会えるかもしれない。憎き笠寺の又二郎の消息も摑める時とてくるかもしれない……。

「それで、あれこれあって今の暮らしに落ち着いたってわけかい」

胸を詰まらせている弥太五郎に代わって栄三郎が言った。

「へい……」

長吉は嬉しそうに応えた。

「だが、ただ紙屑を拾っていただけではありませんよ。又二郎の居所も、少しは見えてきたとこなんで」

「そいつは本当か！」

弥太五郎が叫ぶように問い返した。

「ああ、本当だ」

長吉はこれに対して、今日一番の笑顔で頷いた。

「お前は色男だよ……」

弥太五郎は、昔に戻って弟分の頭を軽くはたいた。

「そうかい、色男かい」

「ああ、世間の女が放っておかねえだろ」

二人は無邪気に笑い合った。

男同士である。

二十年が過ぎて互いにおやじになろうが、ぶつかり合い、助け合い、共に血と汗を流した仲は、すぐに子供に戻れるのだ。

五

翌朝。

秋月栄三郎と又平は、七里の渡しから海路にて、桑名へと旅発った。

渡し賃は乗合一人五十四文。

四十人ばかりが乗れる船で、ごろりと横になれば二刻（約四時間）ほどで桑名に着く。

「先生……、あっちへ着いたら、本当にお構いなく……」

二人の傍で申し訳なさそうに言ったのは弥太五郎であった。

彼もまた、同じ渡し船に乗っていたのである。

くされ縁というのはあったもので、弥太五郎の目指す先もまた桑名となったからだ。

昨日、弥太五郎は長吉との再会を果した。

十年近くの間、大須観音で紙屑拾いをしていた長吉であったが、彼なりに、円蔵親分の無念を晴らさんとして、笠寺の又二郎の居所を摑みかけていた。

笠寺の又二郎は桑名にいるのではないかというのである。

それを報せてくれたのは、名古屋城下の中橋《なかはし》裏浅間《せんげん》社前で古着屋を営む、米松《よねまつ》という男であった。

米松は四十過ぎで、三代目の主人なのだが、若い頃は親から言いつけられて、時に宮から船に乗り桑名や四日市《よっかいち》に行商に出かけた。

同業の誼《よしみ》で宮の古着屋〝みづほ屋〟とは、品物のやり取りなどもあったから、宮へ来た時は必ず円蔵を訪ねて、小遣い銭にありついていたものだ。

長吉は米松と歳も近く気が合った。

それで、湊までよく荷を運ぶのを手伝ったりした仲であったので、所払いの刑期が終り、大須観音に落ち着いてからは、米松のことが気になっていたのだが、なかなか会えずにいた。

今はもう親の跡を継《つ》いで、立派な主になっているであろう。それなのに、自分のような所払いに処せられた者が会いに行くのははばかられたのだ。

それゆえ長吉は、しばらくの間、ひっそりと大須観音裏に暮らし、何かの折には旅の渡世人を捉えて、又二郎の消息の手がかりを摑んでやろうと思ったのだが、そんなある日、長吉を見かけ、米松の方から声をかけてくれたのである。

「長さん、お前さんの気持ちはよくわかりますが、わたしにだけは遠慮をしないでおくれ……」

米松は、落ち着いた商家の主の物言いで、

「まあ、ひっそりと暮らしたいと言うなら、わたしもそっとしておきますが、たまには二人だけで昔話などして、円蔵親分のことを偲《しの》びましょう」

などと言って長吉を喜ばせると、さらに桑名で笠寺の又二郎らしき男を見かけたと教えてくれたのだ。

今では桑名、四日市には息子を遣り、自らが行商に出ることはなくなった米松であるが、二年前に四日市の得意先に不幸があり、久し振りに出かけると、

「桑名の宿を出たところに小さな茶屋があって、そこの隠居が親分によく似ていたのだよ……」

だそうな。

奥の方で湯を沸かしている姿がちらりと見えたくらいであったが、確かにそう見えたという。

ゆるりともしていられず、米松はすぐに茶屋を出たので訊ねることも出来なかった。

「しかし長さん、もしもその男が又二郎であったとしても、もう放っておくがいいよ……」

米松はそう言った。

まだ歳は五十過ぎであろうが、その隠居は足を引きずり、精彩を欠いていた。

宮を出たのは、楽に暮らすために引き際を考えたのではなく、いられなくなったのではなかろうかと米松は見た。

それほどに、又二郎らしき男は、どこか具合が悪いのか顔色も悪く、かつての笠寺の又二郎の勢いはどこにも見当たらなかった。

「きっと笠寺の親分も、あれから色々と苦労をしたのに違いない。お天道様《てんとう》は、いけないことをした者には必ず報いをお与えになるものだ。わたしは長さんには幸せになってもらいたいのですよ」

円蔵親分の仇はおれが討ってやる……。そんなことはもう考えないことだ。まともに暮らすための手伝いならいくらでもしようという米松は、すっかりとよく出来た大人になっていた。

長吉は米松の気遣いが嬉しかった。

米松の想いに応えるためにも、仇討ちなどやめて穏やかに暮らし、円蔵親分の御霊《みたま》を弔《とむら》おう。

自分のようなまぬけが一人で、何が出来るものか――。

長吉はそう思ったのであるが、やはり桑名が気になった。米松の言うことは正しいとは思うが渡世人としての始末のつけ方もあるはずだ。

悶々《もんもん》として暮らすうちに、弥太五郎と再会したというわけだ。

弥太五郎は、米松の想いに感謝をしたが、

「けじめはつけねえといかん……」

と、長吉に言った。

たとえ又二郎が、今どんなに弱っていようが、自分は親分の仇を討たねば気が済まない。

まずは、その茶屋の隠居が又二郎かどうかおれが確かめてくると、東海道を西上する秋月栄三郎、又平に付いて渡し船に乗ったのであった。

栄三郎は、

「せっかくこうして長吉さんと会えたんだ。二人手を取り合って暮らしちゃあいけねえのかい」

と、弥太五郎を諭したが、弥太五郎の気は収まらなかったのである。

「茶屋の隠居になっているとしたら、それこそ世を欺く方便に決まっております。弱々しそうに見せておいて、陰に回って悪事を働く。又二郎はそういう、とんでもない男なのでございますよ」

どこまでいっても弥太五郎は人を疑い、許せぬ想いに囚《とら》われていた。

「まあ、道中は賑やかな方がいいや」

栄三郎は、弥太五郎を伴《ともな》い船に乗った。

だが、四日市までの船便を選ばず桑名行きにしたのは、ここまでくれば弥太五郎の仇討ちを最後まで見届け、助け舟を出してやりたかったからである。

船はその日の昼下がりに桑名に着いた。

桑名の宿は、東海道では宮に次いで二番目に旅籠の数が多く、賑やかなことこの上なかった。

焼き蛤《はまぐり》の旬《しゅん》には少し早いが、まず一杯やってのんびりとすればよいものを、弥太五郎は船を下りると、そのまま件《くだん》の茶屋へと足を運んだ。

「又二郎だとわかれば、やはり命を……」

栄三郎が問うと、

「へい、しばらく桑名に留《とど》まって、隙《すき》を見て……」

弥太五郎は静かに応えた。

「だが、確とした証拠もなしに命を取ろうってえのはいけねえな」

「奴に決まっております」

「又二郎の旦那の坂巻って役人の仕業かもしれねえじゃあねえか」

「だが、坂巻は御役替えでお城の中にいるとか……。とても狙えたもんではございません」

「だから、狙い易《やす》い又二郎を殺すのかい」

「いや、それは……」

「とにかく、理由を聞かずにやっちまうのはならねえよ。武士の仇討ちじゃあねえんだ。見つかればお前さんは死罪だぜ」

「仇を討てりゃあ本望ですよ」

「自棄《やけ》を言うんじゃあねえや」

こう話すと、栄三郎も又平もやはり放っておけなくなる。

桑名での遊山をやめて、弥太五郎についていってやった。

遠慮しつつも、弥太五郎とてここまであれこれ手助けをしてくれた栄三郎と又平がいないとなると、それはそれで心細い。

何よりも恐れるべきは、見つけたものの仕損じることである。笠寺の又二郎は隠居を気取って、その実、元締となって命知らずを抱えているかもしれない。

命は惜《お》しくないが、又二郎を討てぬままに死んでしまうのは悔《くや》しい。

結局、栄三郎と又平に伴われて古着屋の米松が教えてくれた茶店を探したのであるが、宿場をやり過ごして二本目の杉の木が立つ脇《わき》にあると聞いた茶店などいくら探しても見つからなかった。

「どうなっているんだよ……」

気持ちが昂ると後先が見えなくなるのが悪い癖で、弥太五郎はただただ絶望に固まってしまった。

栄三郎は苦笑いで、

「又平、ちょいと当たってておあげ……」

と促して、又平はいつものように調子よく、旅人の無知を愛敬に変えて、近所の百姓達に茶店がなかったかと問うて廻った。

　すると、確かにそこにはかつて茶屋があり、又二郎という隠居と、宗太郎《そうたろう》という息子とその女房とで営んでいたのだが、二年近く前に店をたたんでいなくなったことがわかった。

　何でも、ある日二人組の破落戸《ならずもの》が暴れ出して、隠居をいきなり襲ったという。隠居は足を斬《き》られたが、その場に旅の武士が通りかかり、破落戸は逃げ去った。しかし、後難を恐れたのかそれからほどなくして三人は姿を消したのだ。

　さらに、その後の消息を尋ねると、先頃、息子の宗太郎を見かけたという百姓の女房が見つかった。

　又平が昔世話になった者だと心付けを渡すと、女房は上機嫌で話してくれた。

　それによると、七里の渡し口を上ったところに伊勢《いせ》神宮への入口である一の鳥居が立っていて、その脇で焼き蛤の辻売《つじう》りをしていたらしい。

　なかなかに客がたかっていたので、声をかけそびれたが、堅実に暮らしているようでほっとしたと女房は言った。

「破落戸に襲われたというのは、又二郎が未だにろくでもないことをやらかしているんでし証拠ですよ。倅はそんな親父《おやじ》に愛想を尽かして、親から離れ辻売りをしている

ょう」

弥太五郎はまたも唸《うな》った。

そういえば又二郎には宗太郎というまだ幼い子がいた。悪い奴でも子供はかわいがっていたような気がする。

桑名へ来るにあたって、一緒に連れてきたのであろうが、辻売りをしているというなら堅気である。倅に復讐の刃を向けるわけにはいかないが、親の居所くらいは知っているかもしれない。

「どうやって訊き出せばいいでしょうねえ……」

街道の道端《みちばた》で弥太五郎は、祈るような目を栄三郎に向けてきた。

「わかったよ。おれと又平でうまく訊いてやるよ。弥太さん、お前もだんだん馴れてきて、ずうずうしくなりやがったな」

栄三郎は少しばかりうんざりしながら、桑名の宿へ引き返した。

ここで宿を取り、明日は一の鳥居に行ってみることにした。

「だが、倅も馬鹿じゃああるまい。旅の者が親父の居所を訊ねたからといって、おいそれとは明かすまいが……」

栄三郎はどのようにして訊けばよいか考えると、ろくに眠れなかった。そんな物好きな性分に自分自身呆《あき》れたが、少しずつ敵の本丸に近づくようで、それはそれで心が逸《はや》った。

朝を迎えると、栄三郎はその日の段取りを弥太五郎に伝え、自分は立派な剣客風の装いとなり、供の小者として付き従う又平と二人だけでまず一の鳥居へと出かけた。

そこには三人の辻売りがいて、田楽豆腐《でんがくどうふ》、蛤、伊勢海老《えび》などを商っていた。

ありがたいことに、二人が四十、五十絡みの男で、残る一人は二十半《なか》ばで焼き蛤を商っている。宗太郎だと目星をつけやすかった。

それでも、宗太郎が場所を変えたとも考えられる。その時はまた、そこから調べを始めないといけない。

「旦那、親父様はゆっくりと旅を楽しむがいいと言っていなさるようだが、なかなか西へ進めませんね……」

又平は栄三郎を少しからかうように言ったが、伊勢神宮の方へと向かって手を合わせて、若いのが宗太郎であることを祈った。

栄三郎は若い辻売りの傍にある、腰掛にちょうどよい石に腰を下ろして、又平が焼き蛤を求めた。

「生憎《あいにく》今日は、好い蛤が手に入りませんで、お安くさせていただきます……」

辻売りは又平にそう言うと、栄三郎へ向かって頭を下げた。

なかなかに愛想がよい。

「蛤にも食べ頃があるのであろうな」

栄三郎は人をとろかせる、いつもの笑顔で声をかけた。今日は立派な剣客風の出立《いでた》ちであるから、尚《なお》さら相手は嬉しくなる。

「はい、卵を産む少し前が身も太くておいしゅうございます。あとほんの少しでそうなるのでございますが……」

満面に笑みを浮かべて辻売りは応えた。

「それは残念だ。だが名にし負う桑名の焼き蛤だ。まずいはずはなかろうよ」

栄三郎はさっそくひとつを太めの竹串に刺して口に運ぶと、

「うん、うまいぞ……」

無邪気に喜んだ。

蛤独特の風味に焦《こ》げた醤油《しょうゆ》が香ばしく、幸せな想いとなったのは確かである。

「今日はこれからどこかへお出かけで……」

辻売りは嬉しくなって栄三郎に問うた。

「いや、旅の中なのだが、風の便りに、昔世話になった男が桑名にいると聞いて、もしや何か手がかりが摑めるかと思い、ぶらぶらとな……。はッ、はッ、そうたやすく見つかるはずはないものを……」

「ほう、お武家様が世話になられた……」

「左様《さよう》、もう二十年も前になろうかのう、まだ若かったわたしは、江戸で剣術修行を思い立って大坂から一人で旅に出たのだが、旅の疲れが出たのか、宮の宿で熱にうなされ、路地裏で倒れてしもうてのう」

「それを助けてくれたお人がいたわけで……」

「うむ、その者は役人の御用をも務める男伊達でな。笠寺の又二郎と申した」

「笠寺の又二郎……」

たちまち辻売りの顔色が変わった。栄三郎はそれを見逃さなかった。

「左様、好い男であった。そういえばおぬしによう似ておる。わたしを医者に診せてくれた上に、江戸へ一人で出て修行をしようなどという向こう見ずに、意見がましいことはひとつも言わず、路銀まで与えてくれた。返そうなんて思わねえでくだせえよ。この笠寺の又二郎が助けたお人が、いつか立派なやっとうの先生になればこんな嬉しいことはないと……」

「左様でございますか……」

「その後、わたしも何とか身を立て、又二郎親分にその折の礼をしようと思うたが、もう宮にはおらず、桑名で見かけたという噂だけが耳に入ったのだ。確か宗太郎という息子がいたはずだが、どうしていることやら……」

辻売りは、わなわなと体を震わせた。

彼が宗太郎であることは明らかであった。

父親のことについて、宗太郎はどこまで知っているのかは定かではないが、彼は栄三郎の言葉を疑わなかった。父親の男伊達であった頃の美談を、自分の宝物としたい想いが、彼に信じることを選ばせたのかもしれない。

いずれにせよ、宗太郎はこの剣客に、父親について伝えねばならないと思っていた。

六

秋月栄三郎と又平が泊まっている桑名宿の旅籠に、宗太郎はやってきた。

自分は笠寺の又二郎の息子であると明かした宗太郎を、栄三郎が呼んだのである。

栄三郎にとっては、会ったこともない又二郎であるが、父の男伊達について熱心に問う宗太郎に応えて、口から出まかせに語るうちに、栄三郎は自分が何やら本当に武者修行の最中に、又二郎の世話を受けた気になってきた。

宗太郎はというと、父・又二郎を知る人と語り合い、好い気分になりたかったのであろう。それならばどこまでも好い気になって帰ってくれればよいと、栄三郎は宗太郎を酒に酔わせひたすら又二郎を称《たた》えた。

それもこれも、笠寺の又二郎は既にこの世にいないと、宗太郎が打ち明けたからである。

しかも、その晩年は悲しいものであったそうな。

宗太郎にとって、父・又二郎は謎《なぞ》に包まれた男であった。

物心がついた頃には父、母と桑名にいた。宮にいたことはかすかな記憶に残っているが、又二郎はその当時の話はまるでしてくれなかった。

そして、桑名に来てから母親はすぐに亡くなり、むっつりと押し黙ってばかりの父は、あれこれと商売を替えながら、それでも自分を傍から放すことなく育ててくれたという。

そして、宗太郎が二十歳になった時、宿場外れに茶屋を出し、近在の百姓の娘を宗太郎の嫁に迎えると、これを宗太郎に任せて、自分は隠居暮らしを選んだ。

それからは、しばらく平穏な暮らしが続いた。又二郎は相変わらず昔話はしなかったが、宗太郎は新妻と過ごす毎日に満足していたから、それも気にならなかった。

ところが、ある日、店に来た渡世人風の男二人に又二郎が襲われ、匕首で足を斬られるという事件が起きた。これには又二郎の過去の因縁が絡んでいるようで、その後、又二郎はすぐ茶屋をたたんでしまった。

傷が因《もと》でろくに動けなくなり、尚かつ、また逆恨みを受けるかもしれない。息子夫婦に厄介《やっかい》をかけたくなかったのであろうか。

その後は桑名の湊の一隅に住まいを移し、ある夜、あれこれと宗太郎に己が昔話を物語ってから、近くの海を見てくると足を引きずりつつ出ていって、そのまま帰ってこなかった。

翌朝、浜に打ち上げられていたという。

「左様か……」

栄三郎は顔をしかめた。宗太郎の話に嘘はなさそうだ。又二郎が死んでいたならば、これで栄三郎のお節介《せっかい》もすべて終《お》ったが、どうも後味が悪かった。

「それは無念だ。ここで息子殿と出会うたのも何かの縁、御仏《みほとけ》のお引き合わせであろう。その夜、親分がおぬしに語った昔話、聞かせてはくれまいか。きっと他言はいたさぬゆえに……」

こう言われると、宗太郎も黙ってはいられなかった。もう父親はこの世にはいないのだ。話したとて構うまい。そして、宗太郎は誰かに話したくて仕方がなかったのだ。

それほど父の過去は、衝撃的なものであったといえる。

又二郎が宗太郎に話したこととは――。

かつて自分は宮で役人の御用を務めた男で、ある親分を心ならずも罪に陥れてしまったという、懺悔《ざんげ》であった。

それは、すべて熱田奉行同心・坂巻志之助からの指図であった。

坂巻は、尾張徳川家のある重役から、密かに西洋の新式銃を仕入れるよう命ぜられた。

家中には、三代前の当主・宗春《むねはる》が公儀の意志に反する享楽的な施政を敷いたと、幕府から謀反の疑いをかけられたことへの衝撃が色濃く名残を止《とど》めていた。

幕府への疑わしき態度を控《ひか》え、ひたすら恭順の意を表すべきであるとの考えが主流であったが、中にはいつか公儀が難癖をつけて尾張家を潰しにかかるのではないかという疑いを持ち続ける者もいた。

彼らはその時のために密かに新式銃を見本として仕入れ、尾張家の軍装備を充実させておく必要があると説いた。

坂巻は、軍備充実を唱える重役と繋《つな》がりがあり、宮の湊を仕切る身ゆえに、あれこれ手蔓《てづる》を求めて洋上での取り引きに成功した。

ところが何たる失態か、五丁仕入れた内の一丁が荷車から脱落して紛失してしまったのだ。

その一丁は、役所の門脇で見つかった。触らぬ神に祟《たた》りなしと、拾った者がそっと置いていったのであろう。

坂巻はその銃を慌てて回収したが、湊の内に禁制の短筒が落ちていた事実はその内に広まるに違いない。

何か恰好をつけねばならなかった。

そこで目を付けたのが、みづほ屋円蔵であった。俠客などと言っているが、所詮《しょせん》はやくざ者である。この男が密かに禁制品を扱っていたとて不思議には思うまい。

坂巻はそう思ったのだ。

そこで、旅の古着屋・康蔵を仕立てて、円蔵に近づかせ、二人がいかにもつるんでいるかのような様子を世間に知らしめてから、手先の又二郎に短筒の入った革袋を渡し、これを〝みづほ屋〟の古着の荷に忍ばせるよう言い付けた。

又二郎は、中身を改めぬが身のためだと坂巻に言われ、革袋の中は見ずにおいたが、これは円蔵に何かしら罪をなすりつけるものだと察して逡巡《しゅんじゅん》した。

それでも、坂巻の言うことには逆らえない――。

「これで宮は、お前が一切《いっさい》を仕切ることになろう……」

と言われると、心の奥底にあった、円蔵に取って代わって町の親分になるという野心がもたげてきた。

結局、又二郎は海原の伝助が、古着の仕入の行李を運んでいるところを待ち伏せて、あれこれ話しかけるうちに、その隙をついて行李の中に件の革袋を忍ばせたのである。

その後、みづほ屋円蔵一家は抜荷の罪で、円蔵、弥太五郎は遠島、海原の伝助、黒鼠の長吉は十年間の追放刑となり壊滅した。

又二郎は円蔵の縄張りを手中に収め、押しも押されもせぬ顔役となったが、自分が密かに忍ばせた革袋の中身が短筒だと知り、その後遠島刑に処せられた円蔵と弥太五郎の哀《あわ》れを思い、心の内は晴れなかった。

坂巻志之助は、何とか短筒の不始末の片をつけたのであるが、その後、家中に新式銃開発についての意見の対立があり、反対派が抜荷による不始末を断罪し始めたことから役目を奪われ、城中の閑職に追いやられた。それは城内での幽閉に等しかった。

その際、坂巻は又二郎へ累《るい》が及ぶのを案じて、今までの経緯をそっと告げ、すぐに尾張徳川家の領内の外へ逃げるように促したという。

又二郎は慌てて桑名へと逃げた。宮の顔役を気取ったもののそれもほんの一瞬で、桑名へきてからは何をやってもうまくいかずに、やっと開いた茶屋には、昔の恨みを持った凶状持ちが偶然やってきて、隠居が又二郎であると知って襲いかかり、足が満足に動かせなくなった。

「旦那の言いつけを守ったとはいえ、心の内にはいつも、人を罪に陥れた後ろめたい想いがあったその上に、そんなことが重なって……」

せめて息子夫婦の足手まといにならぬよう、今まで秘密にしていたことを宗太郎に打ち明けた後、自ら命を絶ったのである。

「よくぞその話をわたしにしてくれたね……」

栄三郎は話を聞いて、神妙な顔付きとなって宗太郎を見た。

「いえ、先生は、親父殿に世話になった、あれほどの男伊達はいないと仰ってくださいました。その先生が、いつか親父殿の悪い噂を耳にされて、なんだそんな奴だった

のかとお思いになられては悲しゅうございます。それゆえ、何もかも打ち明けまして
ございます……」
宗太郎はそう言うと深々と頭を下げた。
「あれから色々とあったのだな。人は善と悪の二つの顔を持っているものだ。己が罪
を悔やみながらも生きようとしたのは、おぬしという息子があったればこそ。笠寺の
又二郎は立派な男だったとわたしは思う。この後もずっと……」
「ありがとうございます……」
栄三郎のやさしい言葉に、亡父へのわだかまりが一気に晴れたような――。宗太郎
は身を揉んで涙すると、
「もうお会いすることもございませんでしょうが、どうぞお達者《たっしゃ》になされてください
ませ」
やがて何度も頭を下げて旅籠を出た。
その途端《とたん》、部屋の押入れの中から、弥太五郎がしかつめらしい面持ちで出てきた。
その姿が滑稽で、
「どうだい、今の宗太郎の話、嘘だと思うかい」
栄三郎は小さく笑いながら言った。

弥太五郎は赤く腫《は》れた目を伏せて首を横に振った。

「弥太さん、これでもう仇討ちはしめえだよ。名古屋へ戻りな」

弥太五郎、今度は首を縦《たて》に振った。

人を恨むことで、憎むことで、二十年間の怒りを晴らそうと思ったが、何と呆気《あっけ》ない終り方であろうか——。

やり切れぬ想いが今、この五十男の体を駆け巡っていたのである。

栄三郎は又平と頷き合うと、

「名古屋へ着いたら、長吉殿をまず訪ねるがいい。そこに、おのぶ殿が待っているはずだ」

ニヤリと笑って言葉を続けた。

「おのぶが……？」

弥太五郎は目を丸くした。

「ああ、長吉殿の話によると、ずっとお前さんが帰ってくるのを待っていたそうだ」

「あ、あの馬鹿が……、二、二十年の間、何をしてやがったんだ……」

「弥太さんと会う日を心待ちに暮らしていたに決まってるだろうよ……。まさか弥太さん、島に好い女ができたんじゃあねえだろうな」

「からかわねえでくださいよ……」

弥太五郎はおどおどしたが、落ち着かぬ目には、少年の希望にあふれた光が宿っている。

大須観音を出る時、長吉は栄三郎に、

「好い頃合を見て伝えてやってください……」

と、耳打ちをした。

かつて円蔵一家行きつけの居酒屋で女中をしていた弥太五郎の想い人が、城下若宮《わかみや》八幡《はちまん》宮門前で甘酒屋をしながら弥太五郎の帰りを待っていると。

弥太五郎からは戻っても報せないと言われていたが、運よく長吉と出会い、二人で弥太五郎の帰りを探っていたのである。

すぐに報せようとも思ったが、弥太五郎という男は、伝える間を違えると、会いたくても心を頑《かたくな》にして会わないと言い張る——。

それゆえに栄三郎の人となりを見て長吉が気を利かせたのである。

「おい弥太さんよう、とどのつまりお前さんが誰よりも幸せだったってことだな。まず船で宮へ着いたら、熱田のお社《やしろ》へ御礼参りをするんだな」

栄三郎は、からかうように、ちょっと叱りつけるように言った。

「へい……、こうなったら神仏に御礼参りをいたしますでございます……」

弥太五郎は泣き笑いで応えたが、

「だが先生、お前様は大したお人でございますねえ。会ったばかりだというのに、どんなことでも打ち明けたくなってくる。いったいどういうお方なんですよう……」

やがて白い髪のほつれを気にしながらつくづくと言った。

第三話　三十石船

掛川と宮、桑名でいらぬお節介《せっかい》を焼いて、旅程を遅らせてしまった秋月栄三郎、又平の二人であった。

それゆえその先の宿場には長居をすることなく、急いで旅を続けたので、京には予定より三日遅れただけで着いた。

まずは祇園《ぎおん》辺りでゆっくりとしたいところだが、それはまた帰りの楽しみにと、栄三郎は又平を連れて伏見《ふしみ》へと向かった。

京橋《きょうばし》にある梶派《かじ》一刀流・鶴丸縫之助《つるまるぬいのすけ》の道場を訪ねるためであった。

栄三郎が子供の頃に剣術を学んだ山崎島之助は鶴丸の弟子で、大坂住吉に道場を開くまではこの道場に学んでいた。

その後も島之助は、鶴丸に稽古《けいこ》をつけてもらいに伏見へはよく来ていた。

それは今でも続いていると聞き及んでいたから、まず立ち寄って島之助の様子を窺《うかが》ってみようと思ったのだ。

伏見の京橋には、大坂へ下る三十石船の船着き場があり、鶴丸を訪ねた後はそのまま夜船で大坂へ発《た》てる。

おあつらえ向きの行程である。

場所柄、京橋界隈《かいわい》には旅籠《はたご》が建ち並び、人の往来《おうらい》も賑《にぎ》やかだ。

鶴丸道場は、京橋の北の、少し町の喧騒《けんそう》から落ち着いたところにある。

栄三郎は、島之助に連れられて二度、稽古場に入ったことがあった。

黒板塀《くろいたべい》が無骨《ぶこつ》ながらも美しく、道行く者の目を楽しませる。最後に来たのはもう二十年以上も前になるが、その時覚えた印象は今見ても変わらなかった。

腕木門《うでぎもん》を潜《くぐ》ると、気合の籠《こも》ったかけ声が間近に聞こえてきて心が引き締《し》まった。

初めて来た時はまだ子供で、京の伏見に遠出をした興奮とで体が固まってしまったのを覚えているが、今では懐《なつか》しい思い出である。

稽古場では十人足らずの門人の型稽古を、鶴丸が指南しているところであった。

稽古場はさのみ広くない。ここに通う者は伏見奉行所の役人達、町の剣術好き、盛り場の用心棒を務《つと》める浪人達で、総勢でも二十人ほどしかいない。

鶴丸縫之助は、寺侍や所司代への出稽古も多く務めているゆえにちょうどよい弟子の数なのであるが、折よく彼が道場にいたのは栄三郎にとって幸いであった。

考えてみれば、もう七十になるはずの鶴丸縫之助であるが、大柄のたくましい体格は未《いま》だ変わらず、髪に白い物が増えた他は、まるで昔のままに見えた。

「ごめんくださりませ……」

栄三郎が案内を請《こ》うと、鶴丸自《みずか》らが式台《しきだい》にやって来て、

「おう、おぬしは秋月栄三郎殿じゃな……」

一目見るや言い当てた。

この道場へは二度しか来ていないが、鶴丸は弟子の山崎島之助が開いた大坂住吉の道場には、住吉大社参詣《さんけい》を兼ねて何度か出稽古をしていたから、栄三郎の顔を覚えていた。

野鍛冶《のかじ》の倅《せがれ》が剣術に夢中になって通っていると島之助から聞いて興味を持っていたのだが、鶴丸は栄三郎の剣術の才を買っていた。

それゆえに、気楽流の剣客《けんかく》・岸裏伝兵衛に見込まれて江戸へ行ってしまったと聞いた時は、

「島之助め、江戸へやるくらいならば、わしが引き取って育てたものを……」

と、悔《くや》しがったというから、尚《なお》さらよく覚えていたのだ。

「畏《おそ》れ入りまする……」

忘れられていても仕方がないと思って訪ねただけに、栄三郎は感激して深々と頭を

下げた。

　この間、又平は供の小者に成り切って端《はし》に控《ひか》えている。

　又平は気楽流・秋月栄三郎の門人・雨森《あまもり》又平という顔も持っているのだが、こんなところでそれを気取って、

「江戸からお越しでござりまするか。是非《ぜひ》、立合《たちお》うてくだされ」

　などと、道場の門人達をその気にさせては厄介《やっかい》であるからだ。

　――又平の奴、ようくわかっていやがる。

　栄二郎はそれを横目に、訪《おとず》れた以上は鶴丸の弟子達に稽古をつけ、その後に鶴丸に一手指南を請わねばならぬと、挨拶《あいさつ》を済《す》ませた後は稽古道具を拝借《はいしゃく》した上で、稽古を一通りこなした。

　旅の中である。さらりと受け流そうと思ったが、二十年ぶりとなれば、少しは鶴丸師範に気楽流の強さと、自分の成長を見せておきたくなって、なかなかにむきになって竹刀《しない》を揮《ふる》った。

　気合が入った時の栄三郎の剣はいつも以上によく冴《さ》える。

　武士の人数が上方《かみがた》より圧倒的に多い江戸で、十五年もの間修行を積んだ秋月栄三郎である、誰と立合《たちあ》おうがひけはとらない。

――旦那《だんな》はやはり強《つえ》えんだな。

見守る又平は、誇《ほこ》らしげな表情を浮かべていた。

梶派一刀流においては京で随一《ずいいち》と謳《うた》われた鶴丸縫之助も、そこは齢《よわい》七十である。

「うむ、さすがは岸裏伝兵衛殿に見込まれただけのことはある。ならば、次はこのわしが仕《つかまつ》ろう……」

と、栄三郎の前に立ちはだかったが、相手の技を巧《たく》みに見切りは出来るものの、己《おの》が技を仕掛け、これを決めるのは栄三郎くらいの達者《たっしゃ》となると難しくなる。

だが、師範の意地を見せるには、一本決めねば恰好《かっこう》がつかぬので、どうしても立合が長くなってしまうものである。

そのあたりの機微《きび》は誰よりも敏《びん》に察するのが秋月栄三郎の身上――。

実に好《よ》い間合で小手《こて》をもらい、

「うむ……」

と、顔をしかめてみせる。これが功《こう》を奏《そう》し、

「今日はこれまでといたそう……」

鶴丸から笑顔を引き出して、栄三郎は巧みに稽古を終えた。

剣友・松田新兵衛が見たら、

「稽古を早く終えたいがために、わざと打たれるとは何事だ」

と、栄三郎を叱《しか》るであろうが、老先生が一日上機嫌でいてくれるのだから、これで好いのだ。

「夜船にはまだ間がござろう。あれこれと話を聞かせてくだされ」

栄三郎の思わく以上に機嫌をよくした鶴丸は、栄三郎を居間に誘い、弟子に酒肴《しゅこう》を調《とと》えさせた。

又平も相伴《しょうばん》に与《あずか》ったが、そこは恐縮の体《てい》を見せて、次の間で勝手に飯が食えるようにに立ち廻った。

「まず大したものもござらぬが……」

鶴丸は気を遣《つか》ってくれたが、

「いえ、これは嬉《うれ》しゅうございまする」

栄三郎は、京のかぶらに油揚《あ》げをきざんで加え、薄味に煮《に》て葛餡《くずあん》をかけた一品に感嘆した。

剣の達者は食べる物にもうるさい。

食通を気取るのではなく、同じ材料で拵《こしら》えるならば、その中で一番好い出来を求める気持ちが必要で、そこに心が至《いた》らず腹にさえ収まればよいという者は、

「毛筋ほどの間合の乱れで命を落とすのが剣術……。その神髄《しんずい》には終生《しゅうせい》近寄れまい」

師・岸裏伝兵衛はかつてそう言ったことがある。改めて頷《うなず》ける想いであった。

門人が拵えたものであろうに、その味は実に品がよく、とろりと甘さが口中に広がり、料理人にもひけはとるまい。

いかに鶴丸縫之助の日々のこだわりが、弟子達の神経に浸透しているかがわかる。

この道場へ初めて来たのは二十五年前であったと思われる。

その頃はまだ自分も子供で、四十半《なか》ばの剣術師範の鶴丸は、傍《そば》に寄ることさえ出来ぬ相手であった。

それがこうして酒を酌《く》み交《か》わしながら、あれこれ話が出来るなど、真《まこと》に夢のような心地がした。

この上もなく美味《うま》そうに食べる栄三郎の姿に、鶴丸はますます機嫌がよくなり、こちらからあれこれ問いかけるまでもなく、訊《たず》ねようとしていた事柄を話してくれた。

「もう少し早《はよ》う着いていたなら、島之助も一緒に酒が飲めたものを……」

「山崎先生が……」

「うむ。三日前であったかのう。二人ほど連れて稽古にきたわ」

「では、先生はお達者で……」

「ああ、達者も達者……。肝心《かんじん》の剣の腕の方は相変わらずの下手《へた》くそじゃがのう」

鶴丸は楽しそうに笑った。

やはり父・正兵衛の文《ふみ》はまったくのでたらめであった。

鶴丸の話を聞く限りにおいては、山崎島之助は、体の調子が悪いどころか、力があり余っているように思える。

――それでも、その嘘《うそ》のお蔭《かげ》で久し振りに大坂へ戻るきっかけができたのだ。山崎先生がご無事ならば言うことはない。

栄三郎は心の内を晴れ晴れとさせて、また、かぶらに箸《はし》をつけたのだが、

「さりながら……、あの風来軒《ふうらいけん》は惜《お》しいことであった……」

鶴丸はふっと声を潜《ひそ》めて表情を曇らせた。

「風来軒……。鈴木《すずき》風来軒殿のことでござりまするか……？」

その途端《とたん》、栄三郎の表情から笑みが引いた。

「おお、その鈴木風来軒じゃ。覚えていたか……」

「はい、江戸へ下るまで、何かと世話になり、かわいがってくださいました」

「左様《さよう》か……」

「惜しいこととは、まさか……」

「うむ、二月《ふたつき》ほど前に身罷《みまか》ったのじゃ。おもしろい男であったゆえ、どうにも寂《さび》しゅうてな」

「左様でございましたか……」

栄三郎はがっくりと肩を落とした。

それから、道場を辞《じ》して三十石船に乗るまでの間。栄三郎は鶴丸縫之助とどのような話をしたのか、まるで覚えていない。

鶴丸は栄三郎の落胆ぶりを見て、

「そうであったか、栄三郎殿が、あの男とそれほどまでの誼《よしみ》があったとは思わなんだ」

と、意外そうな顔をした。

鈴木風来軒は、山崎島之助の門人で、栄三郎にとってはかつての兄弟子にあたるのだが、歳《とし》はというと島之助より五、六歳年長で、親子ほどの歳の差がある栄三郎と、そんなに仲がよかったのかと不思議に思われたのだ。

しかも、十五の時に江戸へ下った栄三郎である。習い始めた歳を考えても、三年ほどの付き合いではなかったか——。

今は栄三郎と共に暮らし、番頭、乾分《こぶん》、門人を気取る又平も、鈴木風来軒なる剣士の話は聞いていなかった。

ただ、栄三郎が大坂で剣術を始めた頃、

「おもしろい小父《おじ》さんがいて、色んな遊びを教えてくれたりしたもんだ」

とだけは聞いていた。

そのおもしろさは、会ってみないとわからないだろうから、いつか一緒に大坂へ行った折にまず会わせてやろう、そんな話をしたことは覚えている。

「あの、おもしろい小父さんてえのが、鈴木風来軒さんで……」

船に乗り込むと又平は訊ねた。

栄二郎はこっくりと頷いて、

「大坂で剣術を習い始めた頃の話をするのは、どうも照れくさくてな……」

と、真っ暗な夜の川面《かわも》を見つめたが、やがてぽつりぽつりと、鈴木風来軒との思い出を語り始めた。

「出《だ》そ出そ、出ぁしましょうッ！」

船頭の威勢の好い掛け声と共に、船着き場と船を繋《つな》ぐ歩み板が引き揚げられて、三十石船はゆっくりと岸を離れた。

二

秋月栄三郎の生家が、大坂住吉大社鳥居《とりい》前の野鍛治であることは何度も述べた。

父親は正兵衛、母親はおせい、今は正一郎《しょういちろう》という兄が家業を継《つ》いでいる。

幼い頃から、自分は野鍛冶の技を身につけてこの先暮らしていくのだと心に決めていたしっかり者の正一郎と違って、栄三郎はというと、

「この子はいったい、何を考えているのやろ……」

と、周りの大人からは捉《とら》えどころのない子供だと思われていた。

用を言い付けられても、てきぱきとこなしてから遊ぶというのではなく、ゆったりとそれに没頭する。

たとえば茶瓶《ちゃびん》を三つ洗えと言われると、中をゆすいだ後、その水を茶瓶の蓋《ふた》を取りひっくり返して一気に排出するのではなく、三つの茶瓶を同時に傾けて並べ、注《そそ》ぎ口から出る三筋の水をじっと眺《なが》める――といった具合だ。

ぼうっとするな、早く用を片付けてしまえと叱られるのがわかっていても、掃《は》き掃除においては、箒《ほうき》の跡で龍安寺《りょうあんじ》の石庭のごとき紋様《もんよう》をつけて一人悦《えつ》に入る。

寺子屋で人の絵を描けと言われた折は、必ず足から描き、描いた人は皆背中を向けていた。

「あの子はひょっとしたら、あほと違うやろか……」

「あそこの正兵衛はんもちょっと変わり者やさかいになあ」

「おせいさんも芝居好きで、いつも絵草子ばっかり眺めてはるよってに、そらまあ息子はんも変わってますやろ」

「そのうちまともになるやろうけど、大丈夫かいな……」

「まあ、正一郎はんがしっかりしてるさかいに、よろしいのと違いますか」

などと、勝手なことを言っておもしろがる連中もいた。

さすがにおせいはそういう声が耳に入ると気にしたが、

「あほか、誰に面倒みてもろてるわけでもあるかい……」

正兵衛はそんな声をあげる連中を罵《ののし》って、

「しょうむな奴らに人の何がわかるいうねん」

と、切って捨てた。

正兵衛はなかなかに学があり、えも言われぬおかしみのある男で通っていた。

その口癖《くちぐせ》は、

「人は生きるのが仕事や。ところがいつか死んでしまうことをわかってしもてる。夢を見たとて虚《むな》しいことや。そやよってに楽しみを見つけるんや。どんな時にでも楽しみを見つけて生きてたら、短い一生も捨てたもんやない……」

というもので、なかなか味わい深い。

幼い栄三郎の前でもこれを語るゆえに、倅は倅なりに日々日常に楽しみを見つけようとしているのに違いない。

正兵衛はそのように解釈していたのだ。

そして、そんな栄三郎を、

「あんたの息子はそのうちに大物になりまっせ。先々楽しみでおますなあ」

と誉《ほ》めそやす男が一人いて、彼の存在が正兵衛を勇気づけ泰然《たいぜん》自若《じじゃく》とさせていた。

その男というのが、鈴木風四郎《ふうしろう》――。

町人ながら武家の名流の出で、苗字《みょうじ》帯刀《たいとう》が許された住吉界隈の大地主として知られていた。

金回りはよいのであくせくと働かず、茶の湯に書画、仕舞《しまい》に謡《うたい》、武芸までを学び、気まぐれで落ち着かぬ身を笑い〝風来軒〟と名乗った。

それゆえ、住吉の住人達は〝風来軒先生〟と呼んで一目置いていたのだが、野鍛冶の名匠で、学があって洒脱《しゃだつ》である正兵衛とは気が合った。

歳は風来軒が二つ上で似《に》たところの多い二人は何かというと互いに出入りを繰《く》り返したものだ。

風来軒にはそのというという妻がいたが、二人の間には子がなく、彼の目は友達の倅である栄三郎に向いていたのである。

風来軒は、

「人と違うことをすると、すぐに変わり者と決めつけてしまう奴が多いが、そんな奴らこそ、どうしようもないあほじゃ」

それが口癖であった。

そういう風来軒だけに、

「茶瓶を洗いながら、三筋の水の流れを眺める……、掃き掃除をしながら箒で紋様を描く……。子供ながら栄三どんはそこに風流を楽しんでおるわけじゃな。これを見て、早いこと用事をすまさんかい、などと言うてあげてはあきまへん……」

栄三郎の行動には大いに共感をしたし、栄三郎の姿を見かけると、いつも呼び止めて話しかけた。

「栄三どんは何ゆえに、人を描く時は足から描くのじゃ」

「足からかいた方が、どこが地面かわかりやすうなりますよってに……」

「なるほど、地に足が着いた者こそが人じゃと言うのやな。そしたら、人は何ゆえに皆背中を向けておるのじゃ」

「せなかむいてたら顔をかくてまがいりまへん。黒うぬるだけでよろしおますやろ……」

「ははは、なるほど、考えよったな……。栄三どん、お前はんは知恵があるのう」

万事こんな様子であったが、町一番の風流人として通っている風来軒がそう言うので、そのうちに町の者の栄三郎を見る目も変わってきて、やがて変わり者だと噂《うわさ》し合う姿も見られなくなった。

「そやけど栄三郎にはあの時、けったいなこと考えんとまともに生きていかんかい……、そう言うて怒ってもろた方がよかったかもわかりまへんなあ……」

兄の正一郎は、今となって時々そう言って笑うのだが、風来軒に見出《みいだ》されて、色んなことに興をそそられるようになった栄三郎は、家の手伝いをおろそかにして芝居見物に凝《こ》るようになった。

それは多分に、母・おせいの影響を受けたと思われるのだが、そもそも、おせいにあれこれ芝居の楽しみを教えたのも風来軒であった。

風来軒は道頓堀《どうとんぼり》の大芝居から、あみだ池の宮地《みやち》芝居に至るまで、実に詳しく見所を知っていて、風来軒に勧《すす》められた芝居に外《はず》れはなかった。

それをおせいがうっかりと、栄三郎を一緒に連れて行ったのがいけなかった。

栄三郎は、持ち前の勘《かん》のよさで芝居の筋立て、役者の妙技を芝居通が唸《うな》るほどに解して、風来軒を喜ばせた。

「あいつに芝居を見せたるのはええけど、気をつけんとそのうちに役者になりたいと言い出すのと違うか……」

やがて正兵衛は、栄三郎の芝居への凝りようを見て、おせいを諭《さと》した。

「ああ、ほんまにそうかもしれまへんなあ……」

五つ歳上の正一郎は、もう一端《いっぱし》、野鍛冶の職人を気取るほどに家業に身を入れていたから、なかなかにのんびり屋であるおせいも気を向して、栄三郎には芝居を見せないようにした。

ところが、栄三郎の〝悪友〟風来軒は、

「芝居というものはな、自分をこの世のものではない色々なところへ連れていってくれるものじゃ。そこにはおもしろい人が住んでおる。寺子屋で習うことよりも、よほど役に立つというものじゃ」

などと言って、おせいが連れていってくれぬならわしが連れていってやろうと、栄三郎を何度も芝居に連れていってくれた。

栄三郎は、ますます芝居に夢中になったのだが、父・正兵衛が案じたように、芝居者になろうなどとは思わなかった。

また、その栄三郎の発想が風来軒を大いに喜ばせることになるのである。

ある日、栄三郎は〝風柳《ふうりゅう》〟という茶屋に風来軒を訪ねた。

〝風柳〟は住吉大社の参道にある休み処《どころ》で、風来軒の地所であることから、彼はここを出城としている。

住吉大社の北にほど近いところに生根《いくね》神社という摂社《せっしゃ》があり、その裏手に広大な鈴木風来軒屋敷があるのだが、風来軒はここへ知り人を呼ぶことは滅多《めった》にない。

かつての豪族・鈴木家の名残を止《とど》めるこの屋敷にいては、住吉界隈の風流人として親しんでもらっている身がどうにも堅苦しいものになってしまうからである。

それで一日の内の大半を、この〝風柳〟の離れ家で書を読んだり、人から頼まれて書画の目利《めき》きをしたりして過ごしているというわけだ。

このところは、この出城にもっとも頻繁《ひんぱん》に来る客が栄三郎であった。

その時、風来軒は、己が地所の差配人とあれこれ談合をしていたところで、ちょうど離れ家にいた。

「おう、栄三どんか……」

風来軒は、何やら意気込んでいる栄三郎の様子を見て取って、差配人との話をすぐに済ませ、部屋の内に栄三郎を迎えて、

「今日は、わしと何をして遊んでくれるのじゃ」

と、問うたところ、

「先生、野鍛治のせがれは、やはり野鍛治になるしか道はおませんか……」

栄三郎は真顔で風来軒に訊ねた。

「そんなことあるかいな。人間、その気になったら何にでもなれるがな」

風来軒はおもしろいことになってきたと、励《はげ》ますように言った。

「太閤はん見てみいな、百姓の身から天下人になりはった」

「いや、そんな太閤はん引きあいに出されてもつらおますねんけど」

「物のたとえやがな」

「えらいすんまへん……」

「わしにはお見通しやで、栄三どんは武士になりたいのやろ」

「あ……、わかりますか……」

「わからいでかいな。芝居を観《み》ているうちに、〝義経千本桜《よしつねせんぼんざくら》〟の佐藤忠信《さとうただのぶ》、〝仮名手本忠臣蔵《かなでほんちゅうしんぐら》〟の大星由良之助《おおぼしゆらのすけ》なんぞに憧《あこが》れてしもたんやな」

「どっちかいうたら、早野勘平《はやのかんぺい》でおたの申します……」

「まあ何でもええがな。お前はんが芝居観ている様子を見てたらわかる」

「それは大したもんでおますなあ」

「役者になろうとは思えへんのか。色んな武士になれまっせ」

「役者はあんまり男らしいことおませんよってにな」

「武士になって強うなって、弱い者を助けてやろうと思てるのやな」

「まあ、そんなところだす……」

「うむ、それは偉《えら》い」

「そやけど、まず無理な話でおますやろなあ」

栄三郎は、この時まだ十一歳であった。

子供が芝居を観て、そこに登場する武士に憧れたからといって、野鍛冶の倅が本気で武士になろうとは、まるで幼稚《ようち》な話である。

そして、十一歳なりに、今自分が口に出して言ったことが叶《かな》うはずはないという分別も持ち合わせていた。

それでも、心の内に湧《わ》きあがる熱い想いを誰かに聞いてもらいたくて仕方がなかったのだ。

その誰かを考えるに、それは鈴木風来軒の他には思い当たらなかった。

風来軒なら笑いはせず、話を受け止めてくれるであろう。

栄三郎はそう思って、意を決して訪ねたのである。

「いや、できんことやない」

風来軒はニヤリと笑った。

「ほんまですか……」

栄三郎は身を乗り出した。

「正兵衛はんから聞いたところでは、栄三どんの御先祖は武士であったそうな」

「え……？　何もきかされておりまへん……」

「言うたらお前はんのことや、わては侍になると言い出しかねんと思いなはったのやろ」

「そうですか……。そやけど先生、そんなことを言うてしもて、うちのおやじさまに恨《うら》まれまへんか」

「そら、ちょっとは怒られるやろうけど、いつかわかることじゃ、わしが言う分には笑《わろ》てすませてくれはるやろ」

「そしたら苗字はおますのか」

「秋月、いうらしいで」

「ほな、わては秋月栄三郎……ですか」

「ええ名前や。そやけど武士になるのはたやすいことではない」

風来軒はいくつかの案を栄三郎に並べてみせた。

ひとつは売りに出ている御家人《ごけにん》の株を買い取ること。もうひとつは武家に養子《ようし》に出ること——。

「それはどっちもむつかしそうでおますなあ」

うなだれる栄三郎に、

「まだおまっせ。手っ取り早いのが……」

風来軒は得意げに言った。

「剣術の達者になったらよろしい」

「剣術の……?」

「武士になるということは、剣術ができんとあかんということや」

「なるほど……」

「剣術が強うなったら免許をもらえるわなあ。免許をもろたら人に剣術を教えられる。そうなったら、苗字を名乗って、刀をさしても、そこはまあ剣の強さに免じて大目に見てくれるわ」

「見てくれますか……」

「ああ、どうせ浪人の扱いやよってに、気にもせんわ。そやけど剣が強うなったら、それを見込まれて知行《ちぎょう》取りの家の娘婿《むこ》に納まることもできるがな」

「赤穂浪士《あこうろうし》の堀部安兵衛《ほりべやすべえ》ですか」

「そういうこっちゃ」

「ほな習います！　剣術を習います！」

意気込む栄三郎を見て、風来軒はにこやかに何度も首を縦《たて》に振った。

三

〽やれ〜　淀《よど》の町にもなぁ〜　過ぎたるものはよぉ〜　お城櫓《やぐら》にな　水車よ

やれさよいよい　よ〜い……

三十石船は淀を過ぎた。

船頭が唄《うた》う船歌は、過ぎ行く土地の案内でもある。

秋月栄三郎の思い出話はなお続く。

又平はじっと聞き入っていた。

話によると、鈴木風来軒は、栄三郎に剣術を習うきっかけを与えてくれた人である。

それほどの人ゆえに、今まで又平が知らなかったのは意外であったが、何かのきっかけがないと語り尽くせるものでなかったのも頷ける。

思えば町の出である秋月栄三郎が、剣術好きが高じて武士になろうとしたことを、深く考えはしなかったが、

「剣術を習うと言ったって、家の人がおいそれとは許してくれるはずがありやせんよねえ……」

又平は今さらながら思い至り、嘆息《たんそく》した。

栄三郎の父・正兵衛とはまだ会ったことのない又平であるが、時折栄三郎の許《もと》に届く文や昔話で、もう何度か会ったような気になっていた。

いかにも栄三郎の父親だと頷ける、男の愛敬《あいきよう》、頑固《がんこ》、やさしさ、反骨……、そん

なものをいくつも持ち合わせた人であるのがよくわかる。それゆえに、栄三郎が剣術を始める時もあっさりと許してくれたように思っていたが、そこまで正兵衛も物好きではなかったであろう。

「まあ、そういうことだ……」

栄三郎は、船に乗る前に買い込んだ押し寿司《ずし》を口に放り込むと、鶴丸縫之助が別れ際にくれた伏見の酒をぐびりと飲んだ。

久し振りに戻る故郷の地が近づいている。その興奮が、どんな時でも穏《おだ》やかに構えている秋月栄三郎の心持ちを妙に落ち着かなくしていた。

剣術の腕を極めて武士になる――。

鈴木風来軒の言葉に心動いた栄三郎であったが、

「正兵衛はんは話のわかる人ではあるが、せえだい剣術をきばりなはれ、とは言わんやろなあ」

勧めたものの、風来軒は小さな友達・栄三どんの先行きが、一筋縄ではいかぬことをわかっていた。

それでも武士になりたいという栄三郎を応援してやろうと思ったのは、風来軒なりの栄三郎への思い入れがあったからであろう。

「まあそこは、わしに任《まか》しときなはれ……」

不安そうに見つめる栄三郎に、風来軒は胸を叩《たた》いてみせた。

そしてその翌日。彼はまず自分が、梶派一刀流剣術指南・山崎島之助の稽古場へ入門した。

山崎道場は、住吉大社の北側すぐに建つ一運寺《いちうんじ》の門前にあった。

京・伏見の鶴丸道場で修行を積んだ後、島之助はこの地に稽古場を構えた。

島之助は、丹波《たんば》国の庄屋の次男で、かつては武家であった家の子供ゆえに剣術に打ち込み、武芸者となった。元より剣術界に打って出ようとか、大坂城代や定番を務める大名に見出され、仕官の栄を得ようなどという欲もなく海のない土地に生まれたせいか、住吉の浜の白砂青松《はくさせいしょう》に心惹《ひ》かれ、この界隈に稽古場を開くことを望んだのである。道場は百姓家を改築した小体《こてい》なもので、もっぱら百姓仕事の合間に剣術を教えるという、穏やかな暮らしを送っていた。

周囲には武士が少なく、住吉大社の社人や、先祖が武士であったという富農の若者相手であったが、習う側はそういう気楽さがありがたく、島之助に入門を請う者は多かった。

それゆえ、酔狂人《すいきょうじん》・鈴木風来軒が山崎道場に入門したと聞いても、とりたてて驚く者はいなかった。

「まあ、それがしも武士の端くれじゃ。腰の刀がただの飾りというのも情けない……」

遅まきながら武芸を修めるのだと、住吉の者達を煙《けむ》に巻いたのである。

「先生はほんまに気儘《きまま》なお人やなあ。大したもんや……」

風来軒の来訪を受け、入門のことを本人から伝えられた正兵衛は大いに感心したものだ。

「いやいや、これでも子供の頃は、さる剣客に手ほどきを受けていたよってに、筋は悪いことおまへんのやで、栄三どん、嘘や思たら見にきたらよろしい……」

その折、風来軒は栄三郎にそう言って、

「栄三郎、お前いっぺんよしてもらえ」

と、正兵衛の言葉を引き出した。

これで栄三郎が山崎道場に足を運ぶ理由が出来た。

「栄三郎、どないや、風来軒先生の剣術は……」

正兵衛は、栄三郎に様子を見に行かせては、

「先生は、からだがついていかんえらいこっちゃと、はあはあいうてはりました……」

などと、その報告を聞いては大笑いしていたのだが、それが正兵衛の出方を予期した風来軒の策略であったのは言うまでもない。

ある日、風来軒はまた正兵衛を訪ねて、

「いやいや、剣の道は厳しいものじゃ……」

と嘆《なげ》いてみせて正兵衛を笑わせた後、

「そういうたらこの前。わしの剣術を見て、栄三どんが大笑いするよってに、ちょっとここへきて木太刀《きだち》を振ってみんかいな、と言うて振らしてやったところ、えらいもんやなあ、山崎先生が、この子はびっくりするほど筋がええ……、そう言うてはったがな」

と、栄三郎を誉めそやした。

「栄三郎が……」

正兵衛は、息子が誉められたと聞き一瞬相好《そうごう》を崩したが、風来軒にしてやられたと我に返って、

「風先生……、あきまへんで、栄三郎に剣術は習わしまへんで……」

すぐに釘《くぎ》をさしたのだが、

「いや、正兵衛どん、それは不心得というものや」

風来軒はすぐに反撃した。

「何が不心得でおます」

「栄三どんには、剣術の天分が備《そな》わっていることがわかったのや。天分とは天から授かった才でおます。その芽ぇを摘《つ》んでしまうというのは、大人が何よりもしたらあかんことでっせ」

「栄三郎は野鍛冶の筋も悪いことおまへん」

「なるほど、そしたら、どっちも続けたらよろしい」

「その手にはのりまへんで、そんなことをさせたら、あのあほは剣術に現《うつつ》を抜かすに違いおまへん」

「好きこそものの上手でおますがな。好きな方の天分を伸ばしてやったらよろしい」

「男は、女房子供を養《やしの》うていかんとあきまへんねん。風先生みたいにはいきまへん」

「剣術では飯が食えぬによってあきまへんか」

「へえ、野鍛冶をしてる分には食いはぐれがおまへん」

「そんなら、わしが栄三どんを食べられるようにしたったら文句はないな」

「……どないすると言わりはりまんねん」

「これでも鈴木風来軒は、お上から苗字帯刀を許されている上に、なかなか大きな屋敷にも住んでいる」

「へえ、それはまあ……」

「それやのに、奉公人というたら女中と、老爺《ろうや》が一人だけじゃ」

「そら、用心が悪おますなあ……。あ、いや、そやからいうて、栄三郎を家来にするいうたかて、あれはまだ子供だすがな」

「剣術を習うがあまりに食い扶持《ぶち》からあぶれた時は、我が鈴木家への仕官の口があるということや。どないでおます」

「う〜む……」

そう言われると正兵衛は反対することが出来なくなった。

家業は正一郎という長男が立派に継いでくれるであろうし、栄三郎には好きにさせてやりたいとも思っていたのである。

親は子の体を通して、自分が知らないところへ行くことも、新たな喜びを得ることも出来るのであるから――。

「風来軒先生てえのは、ありがてえお人ですねえ……」

又平は、栄三郎の思い出話に浸《ひた》り、感じ入った。

金持ちの道楽といえばそれまでだが、一旦《いったん》肩入れをすると決めたら、どこまでも子供相手に世話を焼く風来軒の姿は痛快である。

「ああ、ありがたい人だ。しかも、いざとなれば鈴木家の家来として引き受ける、なんてことを親父殿《おやじどの》に言っていたとはな……」

風来軒と正兵衛にそんなやり取りがあったことは、長く栄三郎には伝えられなかった。

いざとなれば引き受けてくれるところがあるなどと知れば、栄三郎の心に甘えが出るかもしれぬという、大人二人の配慮であったのだ。

「栄三郎、お前、剣術を習いたいのなら習《なろ》てもええぞ……」

正兵衛はある日、ぽつりと言ったのである。

「旦那のお父上も、あれこれ言いながらも息子のことがかわいくて仕方がなかったんでしょうねえ。あっしのような孤児には、羨《うらやま》しゅうございますよ……」

しみじみと又平が言うので、

「ふッ、ふッ、思い出してみれば、おれはとんでもねえ息子だったよ……」

栄三郎は照れ笑いを浮かべて、頭を掻《か》いた。

「これは、わしの道楽に付き合《お》うてもらうための入門でもある。そやさかいに、山崎先生への謝礼も束脩《そくしゅう》も、わしに任せてくださらぬか」

風来軒は、そこまで申し出てくれたが、

「いや、子供に稽古事させるのは親の仕事でおますがな」

正兵衛はそう言って聞かなかった。

かくして栄三郎は、

「家のこともきちんとしますよってに、よろしゅうお願いします」

と、父、母、兄に頭を下げて、勇躍《ゆうやく》山崎島之助の道場へと通い始めたのである。

〽やれ〜　二度は裏壁な　三度は馴《な》ぁ〜染《じ》みよ　淀の車がな　くるく〜るとよ〜
やれさよいよい　よ〜い

四

栄三郎は、熱心に稽古場へ通った。

野鍛冶の倅が武士になるには、武士の子よりも剣術が強くなければならない。

そう思えば、自《おの》ずと力が入ったし、辛《つら》いことは何もなかった。

山崎島之助の門人には武士が少なく、いたとしても、近在の商店で書役を務める浪人や、寺子屋の師匠、また、その子供くらいであったから、皆、剣術は嗜《たしな》み程度のものだ。

それゆえ、剣で身を立てんとする栄三郎には、島之助がつけてくれる稽古はむしろ物足りぬくらいであった。

先に入門した鈴木風来軒はというと、栄三郎の剣客への道を切り開くための方便として、その後は、時折型の稽古をつけてもらう程度に甘んじていた。

それでも、栄三郎の稽古姿だけは毎日のように見にきて、

「先生、どうでおます。なかなかええのを連れてきましたやろ」

島之助に栄三郎自慢をしたものだ。

風来軒と島之助は以前から仲がよく、滅多に人を生根神社裏の屋敷に入れない風来軒であるが、島之助だけは時折招いて、家に伝わる武具などを見せ、もっともらしくその由緒を語っているという。

「山崎先生はおっとりしてはるよってに、風先生に付き合わされてしもて、気の毒で

おますなあ」

などと、近所の者達は噂をし合ったが、島之助の方は鈴木風来軒という風流人が好きなようで、栄三郎を預かるにあたって束脩は受け取らず、僅《わず》かな謝礼だけで手取り足取り丁寧《ていねい》に教えたのであった。

それだけ栄三郎は、実のところ筋がよかった。

「風先生の申される通りじゃ。栄三郎は教え甲斐《がい》のある子でござる」

島之助は、風来軒が入門して弟子となってからも、彼を〝風先生〟と呼んでいたのだが、風来軒の栄三郎自慢には、いつも笑顔で応《こた》えた。

栄三郎の剣術修行は、やさしい大人達に温かく見守られ調子よく続いた。

朝の内は家業の手伝いをして、それから稽古場に出るのだが、島之助の指南を受ける間は時を忘れて没入した。

「どうせあのあほは、芝居を観て侍に憧れた口じゃよってに、そのうちに剣術の恐ろしさを知って音《ね》をあげよるわ」

父・正兵衛はそう言って陰《かげ》で笑っていたが、栄三郎は、芝居と現実が違うことくらいは初めからわかっていた。

栄三郎が求めたのは〝強さ〟であった。

彼にも近所の悪童達と時を忘れて遊んでいた頃があった。

その時に身をもって知ったのが、強い者が無理を通せるという理不尽であった。

苛《いじ》められている者、虐《しいた》げられている者にやさしい目を向けるためには〝強さ〟が求められるということだ。

栄三郎が芝居を通じて武士に憧れを抱いたのは、芝居に出てくる武士達は、強きをくじき、弱きを助け、尚かつ武士という特権を有しているからだ。

ゆえに、憧れはただ武士になることではなく、強い男になることであった。

〝強さ〟がなければ人を助けてやることも出来ないし、自分自身もくだらぬことに付き合わされ、無意味な時を過ごさねばならなくなる。

茶瓶を三つ洗えと言われると、注ぎ口から出る三筋の水をじっと眺め、掃き掃除をしろと言われると、箒によって出来る紋様を楽しんだ栄三郎には、おかしさを見つけるやさしい心が備わっていた。

しかし、その心を満足させようとして過ごす、自分にとって楽しいひと時は、時として無粋《ぶすい》な乱暴者によって乱された。

この憎き乱暴者は、人の迷惑を顧みず、時に茶瓶を次々にひっくり返し、箒を自分の手から取り上げたが、力無き身にはこれを黙って見過ごすしかなかった。

山崎道場に通い日々強くなることによって、栄三郎の心は落ち着いた。

自分の密《ひそ》やかな楽しみを邪魔する者がいなくなったからである。

それと同時にかつて栄三郎を苦しめた乱暴者が、弱い者を苛めたり虐げたりすることはめっきりと減った。

往来で栄三郎に見つかると痛い目に遭《あ》うからだ。

そして、栄三郎の密やかな楽しみは、己が剣の上達であったから、思うがままに強くなれる幸せを得た。

何に対しても凝り性であった栄三郎は、剣術を深く探究して、みるみる内に腕を上げた。

その様子は、栄三郎を見守る風来軒によって正兵衛に伝えられ、

「嬉しいような、寂しいような気持ちでござりますわ」

と、正兵衛に言わしめた。

とはいえ、なかなかに人の好き嫌いの激しい正兵衛が、風来軒と疎遠《そえん》になることもなく、会えばいつも嬉しそうにしていたところを見ると、道場に稽古を覗《のぞ》きに行くことはなくとも、風来軒から栄三郎の剣の上達を報されるのを、心の底では喜んでいたと見える。

山崎島之助に入門してから三年が経《た》つと、栄三郎はもう大人にもひけはとらなくなっていた。

しかし、稽古は苦しくとも栄三郎にとっては充実していた日々に、やがて試練が訪れた。

島之助から手取り足取り稽古をつけてもらっていた栄三郎に突如《とつじょ》強敵が現れたのだ。

その強敵は、朝倉輝之助《あさくらてるのすけ》という武家の子供であった。

栄三郎とは同年であるが、その父親は朝倉草哲《そうてつ》という剣客で、剣術を修める歳月は遥《はる》かに輝之助が勝っていた。

朝倉草哲は己が道場を持たず、堂島《どうじま》界隈に集中する大名諸家の蔵屋敷への出稽古を数多《あまた》務めていたのだが、伊勢亀山《かめやま》の大名・石川《いしかわ》家からの誘いを受け、一年の間、剣術指南として赴《おもむ》くことになった。

そのついでに方々武者修行に廻りたいと思ったものの、先年妻を亡くしていたので、それでは天満の浪宅に息子の輝之助を一人残していくことになる。とはいえ連れていくにはいささか足手まといである。どうせ一年もせぬうちに戻ってくるのだから、その間輝之助を、かつて草哲の許で奉公をしていた小者の生家に預けることにした。

そこは大坂津守《つもり》の百姓家で、山崎島之助の道場からほど近いところにあった。

朝倉草哲の流儀は梶派一刀流で、島之助とは親交があったので、伊勢へ発つ際に、草哲は自分の留守の間、輝之助の稽古を見てやってはくれぬかと頼んだ。

この時、草哲はまだ四十前で、己が剣の出世に心がいっていたので、輝之助にはいささか冷淡であったといえる。

そういう微妙な父と子の情が、輝之助の心をいささか荒くれさせたことは否《いな》めない。

大坂の御城下ではあるが、津守辺りは片田舎《かたいなか》で、とりたてて遊ぶところもない。

そこからは住吉大社界隈が比較的に賑やかであったし、ここにある剣術道場で日々暴れることが、輝之助にとってのただひとつの楽しみとなった。

島之助は温厚篤実《とくじつ》な男であったので、輝之助に対しても丁寧に教え穏やかに接した。

父・草哲から言い聞かされていたのであろう。輝之助も、島之助に対しては素直に従い、稽古をつけてもらった。

さすがに剣客の子である。万事呑《の》み込みもよく、島之助の許にきてからはたちまち光り輝く存在となった。

そうなると、同年で山崎道場の優等生であった栄三郎は、否応《いやおう》なく周りの者達から見比べられるようになる。

しかし、元より栄三郎は争い事を好まない。強くなろうと思ったのは、弱い連中を理不尽な乱暴から救《たす》けてやりたい気持ちからのものである。

張り合おうとはせずに、輝之助の実力を素直に認め、相弟子として彼からも教えを請い切磋琢磨《せっさたくま》しようとした。

島之助も栄三郎のその態度をよしとしたが、輝之助はそれを拒絶した。

慣れぬ稽古場にきてみて、見渡せばまともに剣を習う武士の子弟はいない。まず自分が絶対的な存在にならないと気が済まなかった。

それにはまず、栄三郎を自分に跪《ひざまず》かせることだと、輝之助は親しもうとする栄三郎に対して、何かというと高圧的に出て喧嘩《けんか》を売った。

栄三郎はそれを堪《こら》え、下手に出て、巧みにかわした。

島之助もそのような場を目にすると、

「おぬしの親父殿が見たら何と申されようぞ」

と、窘《たしな》めたが、輝之助の癖は直らず、やがて力にものを言わせて相弟子達を取り込

み、

「剣術などする間があれば、鍬《くわ》や鋤《すき》を鍛えたがよいのではないか」

などと声高《こわだか》に言いたて、栄三郎を貶《おとし》めようとしたので、さすがに栄三郎も腹が立ってきた。

相手が武家の倅であるゆえに立てていたが、それを図に乗る輝之助は許せなかったし、野鍛冶の倅ゆえに、つい下手に出てしまう自分も情けなかった。

そもそも大坂の地では、武士よりも実のある稼《かせ》ぎが出来る商人の方が尊敬されている。たかが兵法者づれの倅など取るに足らない。それでも、武芸をする上では武士こそ敬《うやま》うべきものだと気遣ってやっているのだ。

――そのうちに野鍛冶の倅に叩き伏せられたと、吠《ほ》え面《づら》をかかせてやる。

心の内にそう誓い、その機会を待った。

決着をつけてやろうという気は、もちろん輝之助にもあったが、島之助はその辺りの事情を察し、面、籠手《こて》をつけての立合を、輝之助と栄三郎が直《じか》に出来ぬよう取りはからったので、二人の対決はなかなか実現しなかった。

とはいえ、このままではいずれどこかで私闘に及ぶやもしれぬので、島之助は道場内での仕合を催《もよお》すことにした。

対象は十三から十五の少年で、山崎道場に通う門人に加えて、近くの道場からも剣士を集め、十一人を揃《そろ》えた。

仕合は半月後、勝負は一本とし、一人総当たりの十仕合をこなすというものであった。

「一番を取った者は、一番に相応《ふさわ》しい気概を持ち、決して驕《おご》らず、かえって皆の模範となるよう、一層の精進《しょうじん》に励むように。また勝敗について遺恨《いこん》を残す者は卑怯《ひきょう》この上ないと心得よ」

山崎島之助は仕合に際し、この男には珍しく厳しい物言いで誓約を迫ったのである。

仕合を宣した翌日から、朝倉輝之助はしばらくの間、山崎道場には訪れなかった。

仕合に向けて、父・草哲の伝手《つて》を頼り、方々の稽古場に立合の相手を求めたのだ。

これには島之助も苦笑《にがわら》いを禁じえなかったが、輝之助のこの行動は、それだけ栄三郎の腕を認めている証《あかし》であった。

とはいえ、野鍛冶の倅である栄三郎には、仕合に向けての稽古など思いもよらず、いつもの稽古を続けるしかなかった。

大きな仕合のこととて、正兵衛には伝えたが、

「相手はほとんどお武家の息子やろ。まあ、お前が勝てるはずはない。怪我《けが》せんようにお気ばり」

と、素っ気《そけ》無かった。

正兵衛は、相変わらず風来軒から栄三郎の上達を聞かされていたが、表面上は、自分のよく知らぬ剣術道場にまるで興を示さぬ態度をとったのだ。

それでも仕合が済むまでは、家の手伝いも免じてくれたし、妙に期待をかけられるよりは気楽であるが、栄三郎は何としてでも輝之助だけには勝ちたかった。

「まずわしに任せておかんかいな」

そんな時、栄三郎に救いの手を伸べてくれたのは、やはり風来軒であった。

「何ぼでも任せますけど、何かええ手がおますか……」

栄三郎はむっつりとして問うた。

相変わらず風来軒との歳の差を超えた友情は続いていたが、こういう一大事をどこかおもしろがっている風先生が、少しばかり疎《うとま》しかったのだ。

「この風来軒を見くびってもろたらあきまへんで。あのいけすかん朝倉輝之助に栄三どんが負けて堪《たま》るかいな」

風来軒は輝之助が嫌いのようで、憎々しげにこきおろすと、稽古が終ったらすぐに生根神社裏の屋敷に訪ねてくるように伝えた。

　これまでは〝風柳〟の離れ家に呼び出されることはあっても、屋敷には行ったことがなかったので、首を傾《かし》げつつも言われた通りにしてみると、静謐《せいひつ》に包まれた木立の中に佇《たたず》む鈴木屋敷の門前には既《すで》に老爺が一人立っていて、

「お待ち兼ねでござりますわい……」

　と、門の内へと案内してくれた。

　足を踏み入れると、外から見ただけではわからなかったが、昔の豪族の館《やかた》を思わせる厳《おごそ》かな造作で、玄関には式台もあった。

　老爺はその右手の内玄関の前を通り過ぎ、栄三郎を庭へと案内すると、そこには離れ家が建っていて、よく見ると小体だが武芸場の趣《おもむき》となっている。

「おう、きたきた……」

　二十畳はある板間の上で、風来軒が笑っている。驚いたことに、彼の傍には屈強の剣士が三人居並んで栄三郎を興味深げに見つめていた。

「これはいったい……」

　呆気《あつけ》に取られる栄三郎を楽しそうに見て、

「わしもお前はんと一緒で凝り性やさかいに、屋敷の内にこんなもん造ってたんやけ

どな、今こそ役に立つ時がきたようじゃ」

風来軒はしかつめらしく頷いた。

以前に武芸を極めんとして、このような稽古場を建てたものの、ほとんど使うこともなく今まできたが、ここで栄三郎に仕合に向けての稽古をさせてやろうというのである。

居並ぶ三人の剣士は、高津《こうづ》に神陰流《しんかげ》の道場を構える三浦《みうら》某《なにがし》とかいう剣客の門人であった。三浦は風来軒の茶の湯仲間で、稽古場を建てるにあたっては、風来軒から合力を受けていたのだ。

その恩義から、栄三郎の稽古相手に三人をここへ送り込んだというのである。

三人は既に梶派一刀流の仕合流儀なども学び、剣術の仕合に慣れぬ栄三郎の体に、その要領を刻《きざ》みつけるのが目的であった。

「わしは何事も気儘に、ええ加減《かげん》にこなしてきたけどな、物の見る目だけは肥《こ》えているつもりや。輝之助のガキは恰好だけはえらいもんやが、中身が伴《ともの》うてないのは一目見たらわかる。剣の腕は栄三どんの方が上や。ただ相手は剣客の子で仕合慣れをしている上に、栄三どんはやさしい男やよってに気後《きおく》れするのが怖《こわ》い。それじゃゆえに、しばらくここで揉《も》んでもろたらよろしい」

「先生……」

「きっと勝つのやで」

「はい……。おおきにありがとうございました！」

栄三郎はこの時、人のお節介がこれほどありがたいものかと思い知った。そして、曲がったことをしなかったゆえに風来軒が自分に肩入れをしてくれたと解し、自分もまた正直な人に世話を焼く手間を惜しんではいけないと若い心に誓ったのである。

栄三郎の父・正兵衛は、人情に厚い人でその影響を受けて、栄三郎は芝居に見た勧《かん》善懲悪《ぜんちょうあく》を、己が人生の指針とした。

だが、子供心に、ただがむしゃらに正義を振りかざして生きることへのみっともなさを、風来軒によって知ったような気がする。

風来軒はどんな時でも楽しんでいた。そして不真面目《ふまじめ》に笑っていた。

「あの、おっさんは人生を楽しむ達人や。何が大したものやいうて、己が誰よりも楽しむよってに、世話になってもこっちがあんまり恩義に思わんこっちゃ」

正兵衛は風来軒についてそう評していたが、確かにそうであった。栄三郎はこの時も言葉につくせぬほどの世話になったというのに、今は夢の中の出来事のように頭の中で昇華しているのだ。

かくして、栄三郎は鈴木屋敷で密かに稽古を積んだ。

三人の剣士はいずれも若かった。全員がからっと明るく、厳しい稽古をどこか遊んでいる気にさせるおかしみを持ち合わせていた。

それもまた風来軒好みというべきか。

やがて仕合は当日を迎えたが、野鍛冶の倅に負けてなるものかと気負う輝之助に対して、栄三郎には百戦錬磨の落ち着きがあった。

「ええか、怒るのや、輝之助のあほがどれだけ腹の立つことを仕掛けてきたか……。それを思たらここ一番遠慮も手加減もなくなるよってにな……」

仕合の当日、風来軒は栄三郎にそう耳打ちして、道場の端に座って見物した。どこまでも栄三郎のやさしさによる気後れが気になるようだ。

「はい、怒ります」

栄三郎は素直に頷いて、ふと稽古場の内を見たが、山崎島之助の門人である住吉大社の社人や、浪人、富農の隠居などが見物に来ていたものの、やはり正兵衛の姿はなかった。

――いなくて幸いだ。

栄三郎には父の頑固ぶりを笑える余裕が出来ていたが、見所に見知らぬ武士が一人座っているのが気になった。

後でその武士は旅の剣客で、気楽流の使い手・岸裏伝兵衛であったと知るのだが、島之助とは懇意《こんい》で栄三郎の噂を聞いているのか、時折向けてくる視線が温かかった。

温厚篤実な島之助と違って、岸裏伝兵衛には芝居に出てくる豪傑の趣があった。

そんな見物人達が見守る中で、一本勝負は次々と行われていった。

栄三郎の技は冴え、他の剣士を寄せつけずに、次々と勝ちを重ねていく。

島之助はその堂々たる仕合ぶりを見て、風来軒にちらりと目をやった。

鈴木屋敷での稽古を、島之助には伝えていなかったので、

——風先生が何かまじないをかけたか。

と、察したのであろう。

仕合は進み、風来軒はニヤリと笑い、見所の岸裏伝兵衛は大きく頷く——。

その度《たび》に栄三郎は勝ち抜いた。

朝倉輝之助はというと、こちらも順当に勝ち進んだが、格下の相手に荒い技を仕掛け、下から突き上げてみたり、容赦《ようしゃ》ない突き技を繰り出したり、どうにも見苦しい仕合が多かった。

栄三郎がちらりと風来軒を見ると、この先生には珍しいほどに不機嫌な表情を浮かべて見返してきた。

「こんな奴はいてもたれ！」

目がそう言っている。

栄三郎にも怒りが湧いてきた。

いよいよ栄三郎の十番目の相手は朝倉輝之助となったが、仕合開始から栄三郎の怒りを含んだ気合が、不遜《ふそん》な態度で横着な技を仕掛けんとする輝之助のそれを圧倒した。

荒い技を仕掛けんとすれば、その数倍の荒々しさで返してくる栄三郎に、輝之助は戦《おのの》いた。栄三郎が怒るととてつもなく強くなるのはこの時から始まったのである。

よく吠える犬ほど、強い相手に対してはその声が泣き声に変わる。

すっかり気弱になった輝之助を足搦《がら》みで倒すと、栄三郎は倒れたところに容赦のない突きを入れて、見事に十人を抜いた。

風来軒はその刹那《せつな》、何とも惚《ほう》けた顔で大きく頷き、岸裏伝兵衛はぽんと膝《ひざ》を打った。

そしてこの時、稽古場の外から武者窓越しにそっと栄三郎の十人抜きを見ていた男が号泣《ごうきゅう》していたことも、この先随分《ずいぶん》と年月が経ってから栄三郎は知ることになる。

もちろん、その号泣男は、栄三郎の父・正兵衛であったのだ。

五

〽やれ～　ここはどこじゃとな
船頭衆に問ぉ～えばょ　ここは枚方《ひらかた》な　鍵屋浦《かぎやうら》よ
やれさよいよい　よ～い

三十石船が枚方辺りに着く頃に、夜は白々と明けてくる。

「くらわんか牛蒡汁《ごぼうじる》。あん餅《もち》くらわんか。巻ずしどうじゃ。酒くらわんか。銭《ぜに》がないのでようくらわんか……」

ちょっと口の悪い口上で酒食《しゅしょく》を売りにくる〝くらわんか船〟に、秋月栄三郎と又平は起こされた。

夜が更《ふ》けても鈴木風来軒の思い出を語っていた栄三郎であったが、そのうちについうとうととしてしまったようだ。

冬の船上は寒い。火鉢があれどゆるりと寝てもいられなかった。

熱い牛蒡汁を求めて啜《すす》ると体は温まり、頭は冬の川風に冷やされて、実にいい心地になってきた。

「旦那、それで岸裏先生に見込まれたってわけで……」

又平は、うたた寝で中断してしまった、栄三郎の思い出話を再びせがんだ。

「まあ、そういうことだが、その後ごじゃごじゃとあって、たやすく江戸にはいけなかったよ」

栄三郎は眩《まぶ》しそうに目をしばたたかせた。

「そりゃあそうでしょうねえ」

「まず、朝倉輝之助の恨みを買った」

「執念深い野郎ですねえ」

「剣客の息子が野鍛冶の倅にいいようにやられたんだ。気持ちはわからぬこともない」

「だが旦那はその野郎を返り討ちにしなすったんでしょう?」

「ふふふ……」

仕合が済むと、廻国修行中の岸裏伝兵衛が、山崎島之助に栄三郎を預からせてくれぬかと話を持ち出した。

「栄三郎殿は、武士になりたいとのことにて。それならば江戸へ出て剣術修行をいたせば、彼《か》の地には栄三郎なる者が野鍛冶の倅と知る者もない。某《それがし》が、きっと武士にしてみせましょうぞ」

伝兵衛はそう言ったそうだが、島之助はすぐに、鈴木風来軒が陰で動いたのだと理解した。

伝兵衛は、栄三郎の戦いぶりのみならず、輝之助に対しては狼のごとき目付きになるものの、常は誰に対してもにこやかで、大人からも子供からも声をかけられる人となりにも興味を持ったようだ。

それを見てとって、風来軒は伝兵衛に栄三郎のことを売り込んだのに違いない。

島之助は、悪い話ではないと思った。

岸裏伝兵衛の言うことは的《まと》を射《い》ている。武士になりたいというのなら、伝兵衛について行くのが何よりであろう。

剣を極めるなら江戸に出た方がよい。伝兵衛は近々江戸に道場を開くつもりで、そこに内弟子として迎えたいというのであるから、剣術修行をするのに入費もかからないのだ。

ここまで教えてきて、抜群の才を見せ始めた栄三郎を手放すのは惜しいが、山崎島之助自身、剣術界に出ていくつもりはなく、そんな自分から名剣士が育つとは思っていなかった。それゆえに、風来軒から栄三郎を預かった時も、筋がよければそのうちに誰かに預けるつもりでいたのだ。

岸裏伝兵衛は、数日の間、山崎道場に逗留《とうりゆう》して、栄三郎に気楽流の型など教授した後、一旦、紀州へと旅発った。

再び大坂へ戻る折に、栄三郎がその気になれば江戸へ連れて帰りたいとのことであった。

伝兵衛が去った後、島之助はこの件を栄三郎に伝えた。

「あの、岸裏先生が……」

栄三郎はまず岸裏伝兵衛が自分の才を認めてくれたことに感激した。

初めて見かけた時から立派な剣客だと見惚《みと》れたが、その後、剣術の手ほどきを受けると、その段違いの強さに圧倒されてしまった。

今まで強いと思った――山崎島之助、鶴丸縫之助、鈴木屋敷で稽古をつけてくれた三人の剣士達の姿が霞《かす》むほどである。

剣捌《けんさば》きは流麗と豪快が見事にまざり合い、無駄な動きはまるで見られない。

——これが江戸の剣客か。

そう感じ入った栄三郎が、まさか内弟子に望まれるとは信じ難かった。

「すぐに決めろとは言わぬ。まず自分でじっくりと考え、その後、家の人に想いを伝えるがよい」

島之助はそう言ってくれた。

栄三郎はそれから夢心地で数日を過ごした。

憧れの武士への道はすぐそこまで迫っている。

とはいえ、江戸に行くと言えば家の者達は何と言うであろう。

身内と別れる寂しさもあって、猛反対をするに違いない。

「大坂の片田舎の道場で十人を抜いたというてええ気になる奴があるかい」

と、父・正兵衛はからかうように叱り、

「もうちょっと、様子を見たらどうや」

兄・正一郎は取りなすように言いながらも後押しをしてくれるとも思えない。

母・おせいはただ黙って男二人の言葉に頷きつつ、一旦、武士の世界に首を突っ込んで、これが思うままにならなかった時、栄三郎がぐれてやくざまがいの用心棒などになって、命を縮めてしまうのではないか、などと心の内で案ずるのであろう。

これまでに栄三郎は、武士になれば江戸に呼ばれるかもしれないと、折に触れて、家の者には冗談めかして話したものだが、その都度《つど》江戸に行くことなどあるはずはないと一笑に付されてきた。

それゆえに、この度の岸裏伝兵衛からの誘いを打ち明けたとしても、返ってくる言葉は大よそわかってしまうのである。

栄三郎は煩悶《はんもん》した。

目の前には岸裏伝兵衛の雄姿が浮かんだ。

この頃の伝兵衛はまだ三十前であったが、身には師範の貫禄《かんろく》が備わり、どこか洒脱な人となりが老成の風情《ふぜい》を見せていた。

武士になりたいと思いはしたが、ただただ剛直でにこりともしないような剣客の許で修行するのは、上方者の栄三郎には性が合わないが、

「この先生の許ならば……」

伝兵衛にはそう思わせるものがある。

だがそれも、十五の頼りない分別だと見られては何も言えなくなる。

かといって、ずっと黙っているわけにはいかない。岸裏伝兵衛からのありがたい誘

いを、自分一人で考え、諦《あきら》めるわけにもいくまい。

――とにかく、おれはどうしたいのか。まずそれじゃ。

栄三郎は頭を抱えた。行ったこともない江戸で果してやっていけるだろうか……。

希望と共に、不安や怖気《おじけ》も出てくる。

同年代の友達がいないではないが、剣術を始めてからは皆疎遠になっていた。

十五といえば、商家へ奉公した者は手代になろうかという頃だし、家業の助けをする者は仕事も覚えて大人ぶっている。栄三郎の話などまったくわからないであろうし、

「お前は気楽なもんじゃのう……」

などと笑われるのがよいところである。

――そうなるとあの先生に話すしかないか。

栄三郎の無二の友はやはり鈴木風来軒であった。

いつもの稽古を終えると、栄三郎はひとまず〝風柳〟を覗いてみることにした。

山崎道場から〝風柳〟までは、畑の脇《わき》にある雑木林を行くのが近道であった。

夏の終りの夕方は何故《なぜ》かうら哀しい。帰れば親兄弟の顔が見れて、軽口のひとつ叩けるものを、自分は何ゆえ遠い江戸に行かねばならぬのか――。

そんな想いに胸が締めつけられた時。

雑木林の中で、男達に囲まれた。

見廻すと相手は五人。手に手に棒切れを持っている。皆、頰被《ほおかぶ》りをしていて確《しか》と顔は見えぬが、いずれも年若で浪人者が二人に町の破落戸《ならずもの》風が三人のようだ。

さらにそこへ現れたのが、朝倉輝之助であった。先日の敗戦以来輝之助は稽古に来ていなかった。

「栄三郎、この前の借りを返しに来たぞ……」

どうやら輝之助は、足搦みで倒され、そこをさらに突かれるという屈辱《くつじょく》に遺恨を覚えていたらしい。

「借りやと？　あれは仕合や。お前にあれこれ言われる覚えはあるかい」

こうなれば喧嘩である。はったりをかますだけかまして、敵の一角をこじあけて逃げるしかないと栄三郎は見た。

「黙れ！　足搦みをかけた上に、倒れたところを突くなど、武士に向かってすることか！　お前が汚いことをするなら、こっちも同じことをするまでじゃ！」

「お前が皆にやったことをしたっただけじゃい！　もう、話になれへんなあ……」

輝之助の余りにも支離滅裂な言い分に、栄三郎は怒りながらも笑えてきた。

「やかましいわい！　お前にのうのうと江戸に行かれてはこっちの面日が立たんのじゃい！」

輝之助はひたすらがなり立てた。

――はあ、そういうことか。

輝之助は、自分をこっぴどく倒した栄三郎が、岸裏伝兵衛から格別の誘いを受けたことを耳にして、尚さら頭にきたのであろう。

――あほな奴や。さてどう逃げよう。

栄三郎は困った表情を浮かべて、敵の気勢を削《そ》ぎつつ周りを見廻したが、輝之助が連れてきた連中はなかなかに喧嘩慣れをしているようで、囲みに隙《すき》はない。

――よし、そんならここで日頃の稽古の賜物《たまもの》を見せたるわい。

とにかく輝之助だけは、手に持っている木太刀で立ち上がれぬようにしてやると意気込んだ時であった。

「卑怯な真似《まね》はするでない……」

白い般若《はんにゃ》の面を被《かぶ》った一人の男がそこへ現れた。男は黒袴《くろばかま》に袖無《そでな》し姿。腰には大小を帯び、手には三本の竹棒を持っていた。

いきなり現れた無気味な男に、輝之助達は怯《おび》えた。皆一様に無法者を気取っているが、頬被りの下から覗く顔はまだあどけなさが残っている。それに対して白般若の声は物寂《ものさ》びていて、何者かわからぬ恐さを含んでいた。

「な、何じゃいお前は……、邪魔だてするとおのれからいてまうぞ！」

破落戸の兄貴格が吠えた。

「そうか、ならば身に降りかかる火の粉は払わねばならぬな」

白般若は言うや二本の竹棒を帯に差し、竹棒一本を振りかざして右に左に駆けた。

すると、その竹棒は呆気にとられた暴漢共の面、胴、足、肩に次々と打ち込まれて、ぽきりと折れた。

するとさらに新しい竹棒が白般若の手の内で自在に躍《おど》り、これも折れるとまた新しい竹棒が六人を次々と打ちすえた。

たちまち輝之助達は、体の方々を手で押さえてその場に屈《かが》み込んだ。

「今日のところはこれくらいにしておいてやろう。だがこの次お前らに会えばその時は……」

白般若は口ほどにもない奴らだと輝之助達を嘲笑《あざわら》い、ギラリと腰の刀を抜いた。

「ひ、ひえーッ！」

輝之助達は悲鳴をあげた。これほどの腕を持つ怪人が刀を抜いたのだ。生きている

心地がせずに、

「お、お助けを……」

と、一斉に手を合わせた。

「行け……」

白般若は唸るように言った。

途端にばたばたと、輝之助達は打たれた痛みを忘れて逃げ去った。

その場には白般若と栄三郎の二人だけが残った。

栄三郎はつくづくと感心した顔を白般若に向けて、

「えらいもんでおますなあ、風先生……」

と、声をかけた。

「何じゃ、わかってたんかいな……」

白般若が面を取ると、そこには鈴木風来軒の顔があった。

「声でわかりました。何というても、こないに物好きな真似をして、わしを守ってくれるのは風先生しかおりまへんよってになあ」

「ははは、栄三どんは頭がええなあ。いや、輝之助のあほが、性質《たち》の悪い奴らを集めているとと小耳に挟《はさ》んだよってにな……」

「それは忝《かたじけの》うございました……。それにしても先生があないに強いとは思いませんでした」

「内緒やで」

「何でだす？」

「わしみたいに世の中を茶化して生きているような男が、剣術までできるとわかったら、おもしろないやないか……」

風来軒は照れくさそうに言うと、面を懐《ふところ》にしまいその場で袴と袖無しを脱ぎ丸めて手に持ち歩き出した。

「そういうもんでおますか……」

栄三郎は並んで歩いた。

昔から剣術好きの風来軒は屋敷内に武芸場を設《もう》け、以前から山崎島之助に出稽古を願っていたようだ。

滅多に他人を屋敷内に入れぬ風来軒の屋敷に、島之助だけは時折出入りしていたのはこういうわけであったのだ。となると、風来軒は山崎道場に入門する以前から島之助の弟子であり、島之助の稽古場にいる時は、ひたすら下手の横好きの体を装《よそお》っていたことになる。

その秘密を今、打ち明けられて、

「それもこれも、この栄三郎のために世話を焼いてやろうと……」

栄三郎は頭《こうべ》を垂《た》れたが、

「気にしな。こっちは栄三郎という近頃わしに似たおもろい子がいるよってに、遊んでもらおと思ただけのことやよってにな」

風来軒はこともなげに言った。

「そやけど、お前はんはわしぐらいの剣で終ってしもたらあかんで」

「風先生……」

「江戸へお行き」

「もう知ってはったんですか」

「知らいでかいな。それでわしと話をしたかったんやろ。迷うことはない。すぐに江戸へ行ったらええ」

「そない思いはりますか……」

「ああ、武士になるつもりで剣術を始めたのやないか。これほどええ話はない」

「そうやとは思いますが……」

「家の皆は行くなと言うやろ。大坂にいてたかて武士になれる。何というたかてここは天下の大坂や、どんな不足があって江戸へ出ていかんならんねん……、ここにいてたら誰もがそんな気持ちになる」

「はい……」

「さりながら、大坂にいたかて武士にはなれん」

「なれませんか……」

「お前はんが思てる武士にはなれんというこっちゃ。江戸は将軍様のお膝元や。ぎょうさん武士がいてる。同じ剣術で生きていこうと思うなら、そこで勝負せんかいな。そもそも大坂には、大坂が日《ひ》の本《もと》一やと思い込んでいるあほが多すぎる……。行っておいで、親兄弟捨てるつもりで行ったらええ。親への恩は、立派な武士になることで返したらええのや」

若さゆえの無分別が、栄三郎をあれこれ迷わせていたが、風来軒の言葉は春風のように温かく彼を包み込み、弱気に凍《こお》りついていた心の内を解かしていった。

「こんなことは他人やから言えるこっちゃ。後三十年くらい経った時に、江戸へ行かなんだ栄三どんが何を思うか、大人はそれをわかっているはずや。わかっているのに、親兄弟は栄三郎かわいさに知らんふりを決め込むものじゃよってにな」

「おおきにありがとうございます」

「江戸へは行くのやな」

「はい。そういたします」

「それでええ。わしのことは忘れてしまい」

「いや、それは……」

「忘れてしまい。心のどこかで大坂にはおもしろいおっさんがいてた……。それだけでええ。大坂を懐しがるのはまだまだ先のことや。ええな、文など寄越《よこ》しても返事はせんよってにな」

「はい……」

「言うておくが、わしは嬉しいて堪らんのやで……」

風来軒は、満面に笑みを浮かべて栄三郎を見つめて頷いた。

栄三郎は、人の笑い顔には時に泣き顔が潜んでいるということに、生まれて初めて気がついた。

六

「ははは、旦那が取次屋で使う白般若は、元をただせば風来軒先生にあったんですね」

又平が笑った。

「それから、風来軒先生とは会っちゃあいねえのですかい」

三十石船は快調に川を滑り、大坂の町中へと入っていた。

「いや、その後三度、岸裏先生の供で大坂に戻ることができて、風先生とはその度に会ったが、先生は嬉しそうにおれの話を聞くばかりで、おれも忙しかったし、大した話もせぬままに別れた……」

最後に会ったのは、もう十年以上前のことだと栄三郎は懐しんだ。

「大人になって、江戸であんじょうやっている栄三殿に、もうわしがごじゃごじゃ言うことは何もあれへんがな……」

子供の頃に戻って、あれこれ世のおかしみを問う栄三郎に対して、風来軒は少しはにかみながらそう応えたものだ。

「だが、あの頃はおれも岸裏先生の供の身だから遠慮もあった。そのうち独り立ちして落ち着いたら、風先生と道頓堀にでも遊びに行きたいと思っていたが、無念だ……」

人に恩返しをしようと思う頃にはその身が忙しく、つい間合を計ってばかりで時が過ぎ、相手に死なれてしまう。

死への恐怖は、自分が滅することより、これと思う人に逝《い》かれることである。

その感慨を、栄三郎はまたひとつ新たに噛《か》み締めていた。

「てことは、ろくに話もできねえままに済んじまったってわけですかい」

「ああ、ひとつ訊ねたことの答をもらうはずだったのだが……」

「何ですかい」

「おれの親父がいつも言うことさ。どんな時にでも楽しみを見つけて生きれば、短い一生も捨てたものではない……。まったくその通りだが、この秋月栄三郎は、どんなところから楽しみを見つけりゃあいいかってな……」

「そいつはたやすいようで、むつかしい問いかけでございますねえ」

「ああ、風先生ゆえに訊ねたのさ。今度会った時に教えてやると笑っていたが、もうそれも無理な話だ」

「旦那の親父様は、風来軒先生がお亡くなりになったから、旦那にゆっくりと帰ってこいなんて、山崎先生をだしに文を送ってこられたのでしょうねえ」

「そういうことだったのだな。初めから風先生が死んだと報《しら》せれば、人坂への道中がつまらねえものになる、などと考えてくれたのだろう。ありがてえ親だ……」

「あっしも旦那と一緒に大坂へ来られるなんて、本当に幸せでございますよ。いよいよやって参りましたねえ」

「着いたらちょいと付き合っておくれ」

「へい、どこへだって参りやすよ、風来軒先生のお屋敷へ行くんでしょ……」

「ああ、船を降りたらその足で、な」

〽やれ〜　ねぶたかどけど　ねぶた目さませ
　ここは大坂の　八軒家《はちけんや》
　やれさよいよい　よ〜い

船は横堀川《よこぼりがわ》から道頓堀へ着き、栄三郎と又平はそこから住吉へと向かった。今宮《いまみや》村から住吉街道へ。

一歩ずつ歩みを進める度に栄三郎の心は躍った。

路傍《ろぼう》に咲く花や草木のひとつひとつが、自分の体のひとつひとつだと思えてくる。

生根神社が近づくにつれて無口になる栄三郎を、又平は終始にこやかに、ちょっと下がったところから眺めていた。

やがて木立の向こうに鈴木屋敷が見えた。

門前には一人の下男がいて、掃き掃除をしていたが、あの日栄三郎を迎えてくれた老爺はいない。

「某は秋月栄三郎という者だが……」

案内を請うと、初対面であるというのに、

「これはようこそお越しくださいました」

と、下男はすぐに栄三郎を屋敷内に請《しょう》じ入れた。どうやら栄三郎のことは聞き及んでいたようだ。

玄関を入ってすぐの六畳の間に通されると風来軒の妻女・そのが塗りの箱を手にしずしずとやってきて応対にあたった。

「お久しゅうございまする……」

栄三郎は、そのに会ったことはほとんどない。この屋敷の武芸場で稽古に励んだ折に、二、三度挨拶をしたくらいであったが、旧家の出らしい落ち着きと楚々《そそ》とした美しさを醸《かも》す女《ひと》であったと覚えている。

一通りの辞儀《じぎ》を済ませてから、よくそのの顔を見ると、少し髪に白い物が混じりはしているが、昔会った時の印象そのままで、栄三郎は何とも嬉しかった。

数年前に、鈴木家の縁者から養子を迎え、風来軒は楽隠居の身となったのだが、このところはあまり出歩きもせず、屋敷に籠って書画などにいそしむようになったという。

「まあ、昔から楽隠居のようなお人でございましたが……」

そのはほがらかな笑みを浮かべると、

「栄三郎さんが訪ねてくださって、あの人も今頃大喜びをしていることと思います」

しみじみと言った。

「そうでしょうか……。随分とお世話になりながら、何の御恩返しもできずに、今さら何をしにきたかとお思いなのでは……」

「いえ、風来軒は自分の言うことを聞いて江戸へ行かれた貴方様《あなた》を、ずうっと自慢に思っておりました」

「それならば、嬉しゅうございますが……」

「病にかかって、床に臥《ふ》せた時も、栄三郎殿に知られたらいかんよってに、正兵衛さんにもこのことは報せるなと……」

「あの男は妙にやさしいよってに、知れば大坂へ来るかもしれぬゆえ報せるな、などと……」

「はい……」

「左様でござりますか……」

栄三郎とそのは共に声を湿らせた。

そして、そのは件《くだん》の塗りの箱を栄三郎の前に差し出して、

「とはいうても、わしが死ねばいつかそれに気付いて訪ねてくれるやろ……。その時にはこれを渡してくれ、そういうとわたしにこの箱を託《たく》されたのでございます」

「これをわたしに……」

ゆっくり開けてみると、中には短刀一振と書状が入っていた。

まず短刀に目を奪われた。

「これは……、越前守助広《えちぜんのかみすけひろ》……」

津田《つだ》越前守助広は、大坂新刀の名匠で、風来軒がこれを持っているのを見た時に栄三郎が、

「風先生、えらい刀を持ってはりますねえ……」

目を丸くしたのを見て、

「おや、この刀の値打ちがわかるとは栄三どんも大したものや。わしが死んだらあげよ」

と言っていた昔を思い出したのである。

風来軒はこのことを忘れずにいて、越前守助広ほどの名刀を、自分が死して後は秋月栄三郎に渡してやってくれと箱に入れたのだ。

さらに、箱には一通の書状が入っていた。

それには、〝楽しみを見つける極意〟が認《したた》められてあった。

この答を出すことも、風来軒は忘れていなかった。

さっと一読すると、

〝世の中の　あほ見て笑え
あほ見て笑うほどの楽しみはなし
ならば　まず己があほになるべし〟

書状にはただそれだけが書かれてあった。

栄三郎は、いかにも風来軒らしい言葉だと、高らかに笑った。それと同時に涙が頬を伝わるのを止められなかった。

——風先生は、いつもおれのことを思い出してくれていたのだ。何故おれをそんなに好きでいてくれたのか……。

それを問うたとて答はわかりきっているが、そのわかりきった答に今はひたってみたくなり、そのに問いかけてみた。

「わたしもそれをあの人に問うたことがございましたが……」

そのはふっと笑って、風来軒の言葉を栄三郎に伝えた。

「そんなもんに理屈はあるかい。ただ、気が合《お》うただけやがな」

それは栄三郎が思い描いたそのままの答であった。

「ありがたく頂戴《ちょうだい》いたしまする……」

栄三郎は深々と頭を下げると、今はもう古びて使われることもないという武芸場をしばし見つめてから、鈴木屋敷を辞去《じきょ》した。

「又平、せっかく大坂へ着いたってえのに、どうも湿っぽくてすまねえな……」

「何を謝《あやま》ることがあるんですよう、あっしは今、旦那と一緒にいられて誇らしい心地がしておりますよ」

互いに気遣い、涙をごまかし、二人は住吉大社の鳥居前へと向かった。

栄三郎の生家は、火を扱い、鎚音《つちおと》を響かせる野鍛冶であるから、茶屋、菓子屋、髪結、古着屋などの床店が並ぶ奥にぽつりと建っている。

今日の仕事は仕舞《しま》いにしたのであろう、日が陰り始めた鳥居前の小路に鎚音は聞こえてこなかった。

店仕舞いの床店の間を通ると家が見えた。

開け放たれた戸の向こうに見える広い土間に人影はなかったが、家の前を人待ち顔で忙《せわ》しなく歩き回る老人の姿が見えた。

栄三郎はつつッとそれへ寄って、

「親父殿……」

と、声をかけた。

正兵衛は、栄三郎の泣いているような笑っているような表情を見て、もう風来軒のことはすべて知っていると見てとったのであろう、溢《あふ》れ出る喜びを抑えて、

「うむ……」

と、しかつめらしく大きく頷いてみせた。

第四話　親の欲目

一

正兵衛の息子自慢が止まらない。

久し振りに大坂の実家に戻ってきた秋月栄三郎であったが、父親のこの有様《ありさま》にはいささか困ってしまった。

栄三郎が又平を伴《ともな》い家へ入ってからというもの、正兵衛は、野鍛冶《のかじ》の仕事を長子の正一郎と、その子で十七になる正之助《しょうのすけ》に任《まか》せっきりで、何かというと近所をうろつき、

「へえ、そうでおますねや。下のが江戸から帰ってきよりましてな。へえ、お騒がせしております。まあ、いっぺん顔を見にきたっとくなはれ。え？　いやいや大したことおまへんねん。江戸では寺子屋やのうて〝手習い師匠〟というらしいんですけどな、五十人くらい教えているそうですわ。へえ、まあそれで剣術の方もそこで近所の物好き相手に教えているというわけで。何や気楽なこっちゃなあ言うたら、それがそうでもないようで、何でも三千石の御旗本《はたもと》の御屋敷から声がかかって、月に二、三べん出稽古《でげいこ》にいかんならんようになったそうでんねや。子供の頃はこの先どないなるの

やろと思てましたけど、好きなことして達者《たっしゃ》に暮らしていけたら何よりでおますわ……」

　こんな言葉を誰かれなしに投げかけるのである。

　四十になろうかという息子の自慢など、聞かされる方は堪《たま》ったものではないのだが、そこは日頃から世話好きで洒脱《しゃだつ》、誰からも慕《した》われている正兵衛のことである。近所の住人達はこれを頬笑《ほほえ》ましく思い、栄三郎の顔を見に入れ替わり立ち替わりやってきた。

　もちろん栄三郎は、誰に対しても如才《じょさい》なく振舞い、又平もまた秋月栄三郎の家来として、にこやかに付き従ったから、一様に受けが好《よ》く、ますます正兵衛を〝その気〟にさせてしまうのである。

　母親のおせいはというと、正兵衛を窘《たしな》めるわけでもなく、いつもにこにことして良人《おっと》の息子自慢を見守り、こちらの方も満更《まんざら》ではない。

「正兵衛はんところの栄三郎は、変わり者や……、そない思われてた分、あれこれ言いたなりますのやろ」

　こんな言葉もそっくりおせい自身に当てはまるようだ。

　散々苦労と心配をかけたのである。

二親《ふたおや》共に喜んでくれるのならこれほどのことはない。いくらでも近所の衆の相手もしようものだと栄三郎は思っている。

帰ってくるや鈴木家を訪ね、家で旅装を解《と》くとすぐに山崎道場へ出向き、かつての師・山崎島之助に挨拶《あいさつ》を済《す》ませ、師の息災を確かめると、その次の日からは、両親を伴い方々を精力的に廻った。

正兵衛もおせいも楽しそうであったし、この後は何時《いつ》出来るか知れぬ親への孝養《こうよう》を懸命《けんめい》に努めたのである。

それでも、忘れてはならないのが兄・正一郎への気遣《きづか》いであった。

そもそも、栄三郎が家業の野鍛冶を疎《おろそ》かにして剣術に打ち込めたのも、このしっかり者の兄がいたればこそ。

しっかり者ゆえに、栄三郎が剣術で身を立てんとして江戸へ下ることに反対をしたものの、仕舞《しまい》には弟の意思を尊重して、

「親父《おやじ》殿とお袋殿のことは、わしがしっかりとここにおるよってに案ずるな……」

そう言って安心させると、貯《た》めていた銀《かね》をそっと旅の荷に忍ばせてくれた。

正一郎のその言葉に偽《いつわ》りはなく、

「野鍛冶の腕は、もう正兵衛はんを超えてしまいはったな」

家業においては、数年前から住吉界隈《かいわい》でそんな声が聞こえ始めていた。

その上に、未《いま》だに独り者の栄三郎とは違って、二十五の時にお松《まつ》という嫁を迎え、息子の正之助を儲《もう》けた。

お松は研師《とぎし》の娘で、幼い頃から見覚えた技を家に持ち込んでくれた。しっかり者の正一郎とは対照的におっとりとしていて、正兵衛はこれを気に入って、

「気忙《きぜわ》しい女はうるそうてかなわん。お松を見てたらはっとするわ」

と、好奇心が旺盛《おうせい》で何かと浮き足立つきらいがあるおせいをからかいつつ、嫁をかわいがっている。

正之助も既《すで》に十七となり、今では立派に野鍛冶の仕事を手伝い、正兵衛を楽にさせていた。

近頃では、

「お前の叔父《おじ》は江戸の剣客《けんかく》や。お前もたまには体を鍛《きた》えに習《なろ》うてきたらどないや」

と、正兵衛に勧《すす》められて、時折は山崎島之助の許《もと》へ剣術を学びに行っているそうな。

これにはおせいが、

「そんなもん勧めて、正之助が栄三郎の二の舞になったら、正一郎の跡を誰が継《つ》ぎま

すのや……」

と、正兵衛を詰《なじ》ったが、

「そんなこと、万がひとつもおますかいな」

正之助の方はすっかり大人の対応で、剣術は嗜《たしな》みとして、野鍛冶の修業に余念がないという。

このように、長男である正一郎の一家が、揺《ゆ》らぐことなく栄三郎の実家を支えてくれているゆえに、栄三郎も江戸で好き勝手が出来るし、正兵衛も心おきなく外へ出て、栄三郎自慢を出来るのである。

兄を差し置いて誉《ほ》められる身のむず痒《がゆ》さを、栄三郎は体中に覚えているというわけだ。

それゆえに、正兵衛が近所をうろつくと、栄三郎はすぐにそれへと出向いて、

「親父殿が言うほど、大層なもんやおまへんねん」

「あんな調子で迷惑をかけておりまへんか？」

「何というても、兄さんがしっかりしてくれているよってに、気儘《きまま》にさせてもろてます。真《まこと》にありがたいことでごわります……」

などとすっかりと上方口跡《かみがたこうせき》に戻って話しかけ、訪ねてきてくれた人にも同じ言葉で

応対した。

　正一郎は弟のそんな姿にほのぼのとさせられて、

「栄三郎、わしに気を遣わんといてくれ。親父殿がたまに帰ってきた息子を自慢したなるのは当り前のことやがな。わしも子を持つ身になってわかった。息子自慢はそら気持ちのええものじゃ。それにな、わしかて弟のお前が自慢でな。あちこちで、親父殿と同じような話をしているのやで……」

　と、栄三郎を摑《つか》まえて穏《おだ》やかな声をかけてくれた。

「まずしばらくは、親父殿には栄三郎自慢をさせてやってくれ」

　正一郎に言われると是非《ぜひ》もない。

　――まあ、そのうちに飽きてくるだろう。

　栄三郎は、正兵衛が自分を自慢するのをありがたく見守るようにしたのである。
　二、三日するとさすがに正兵衛の外での息子自慢は聞かれなくなった。
　しかし、それも束《つか》の間、今度は栄三郎と又平を囲んでの夕餉《ゆうげ》の折に、他人の家の息子を正一郎、栄三郎と比べては酒の肴《さかな》にし始めた。今日も今日とて、

「あの桶《おけ》屋の倅《せがれ》もええ加減《かげん》にしっかりせんとあかんなあ。あれは働いているより、休んで煙管《キセル》を使《つこ》てる間の方が長いがな……」

こんな話に顔をしかめてみたり、

「笠屋《かさ》のおっさん嘆《なげ》いてたで、息子二人が寄ったら喧嘩《けんか》しよる。最前も何でもめてるねんと訊《たず》ねたら、草餅《くさもち》ひとつ食うた食わんで摑み合いやそうな。三十過ぎた息子が二人共あほでは、そら嘆くわなあ」

などと大笑いして、

「そこへいくと、うちはありがたいことやないか……」

と、最後はそれで締《し》め括《くく》り悦《えつ》に入るのである。

若い正之助はきょとんとして話を聞いているが、大人達は一様に身内ならではの話に笑い、正兵衛の今の幸せに胸を熱くした。

天涯孤独の又平などは、親のありがたさとおもしろさ、哀《あわ》れさをも嚙《か》みしめて涙ぐみ、

「あっしは人に誉めてもらえるような倅にはなれねえから、親がいたって喜ばせてあげられませんや……」

と、溜息《ためいき》をついたものだ。

正兵衛はその様子を見て、いかに久し振りに息子が帰ってきたからとはいえ、栄三郎を連れ回してばかりでは、又平には退屈であったろうと思い至《いた》り、

「そういうたら、又はんはまだ住吉《すみよ》っさんくらいしか大坂見物をしてなかったなあ。栄三郎に付き合わせてばっかりで気の毒なことをした。明日あたりは道頓堀にでも行てきたらええわ」

と、栄三郎を見つつ言った。

「そらええわ。栄三郎、連れていってあげなはれ」

すかさず正一郎が言った。

「親父殿、もうええ加減、栄三郎の自慢は済みましたやろ」

「うむ、まあ、そうやな……」

正一郎にいさめられると、近頃の正兵衛は弱い。特にここ数日は家業を任せて次男の自慢に廻っていただけに、どうも決まりが悪かった。

「そやけど、わしも老い先の短い身や。久し振りに帰ってきた息子を自慢できるのもこれが最後かもしれへんのや……」

正兵衛はそれゆえ大目に見ろと言わんばかりに正一郎を見て、

「考えてもみい、由五郎《よしごろう》はんところの息子みたいになってしもてたら、帰ってきたとて嬉《うれ》しいことも何にもあれへんのやで。幸せは時に噛みしめんとあかん……」

と、また他人の家の話を始めた。

由五郎というのは、正兵衛の家から東にほど近い料理屋〝こはま〟の主《あるじ》である。以前は煮売《にうり》酒屋のような小さな店であったのが、由五郎の料理の腕が評判となり、いつしか小体《こてい》ながらも、この辺りでは人に知られる料理屋へと様変わりをした。今は卯之助《うのすけ》という二番目の息子が料理の腕を揮《ふる》っていて、〝こはま〟の評判はさらに上がり、わざわざ遠方から足を運ぶ食通が現れるまでとなっていた。

ところが、この家の長男である亥之吉《いのきち》が、由五郎の頭痛の種で、何事につけても勤勉な弟とは似《に》ても似つかず、若い頃から放蕩《ほうとう》を重ねた。

由五郎は何度も意見をしたが、亥之吉の素行は直らず、遂《つい》に亥之吉を廃嫡《はいちゃく》として、店を卯之助に継がせた。

その後すぐに由五郎は妻を亡くし、母と別れますます居所のなくなった亥之吉は、博奕《ばくち》打ちの花会などで腕を揮う、渡り料理人となって家を出た。

その後は何度か〝こはま〟に顔を見せたものの、やくざまがいの料理人となった亥之吉を由五郎は許さず、すぐに親子喧嘩となり、ここ三年ばかり〝こはま〟に寄りついていないのだ。

弟に店を継がせたという不憫《ふびん》から、まともになるというならば、亥之吉の先行きも真剣に考えてやりたいと思うのが親心であろう。かといって相変わらず極道者の風が抜けぬまま帰ってこられても卯之助のためにはならない。

それゆえ、由五郎は心の底では亥之吉に会いたいと思っても、やくざな息子が帰ってくることへの不安が先立つのだ。

正兵衛はそれを引き合いに出して、息子が久し振りに帰ってくるのを手放しで喜べる今の身がどれほどありがたいことかと言うのである。

「まあ、そしたらわしも、帰ったことを親に喜んでもらえる幸せを嚙みしめんとあきませぬなあ」

大仰《おおぎょう》に頷《うなず》いてみせる栄三郎に一同は頰笑み合い、その翌日から栄三郎は又平を連れて道頓堀へ芝居見物に出かけたり、堂島の米市場の賑《にぎ》わいを眺《なが》めたりして、久し振りの大坂を楽しんだ。

しかし、その三日目の朝に、近所でちょっとした騒動が起こり、〝取次屋栄三〟の胸を疼《うず》かせることになった。

件《くだん》の極道息子・亥之吉が、ふらりと〝こはま〟に戻ってきたのだ。

二

「親父殿、長らく無沙汰《ぶさた》をいたしておりまして申し訳ございまへん……。卯之助、立派に店を継いでくれておおきにありがとう。わしはお前より十も歳《とし》が上やというのに、頼りないことですまぬなあ……」

亥之吉は、由五郎と卯之助の前でまず畏《かしこ》まり、神妙に頭を下げたという。

ふらりと帰ってきたのは、渡り料理人として方々を廻るうちに、何人か世話になった人の死に触れ、親兄弟のことが偲《しの》ばれて、いても立ってもいられずに、気がつけば住吉の地を踏んでいたとのことであった。

由五郎も卯之助もこれには涙ぐんだ。

亥之吉は、生《き》一本な性格が災いして、つい人に乗せられて騒動に巻き込まれたり、騙《だま》されたりするのがどうにも困った男である。

しかし、根は心やさしく義理堅く、俠気《きようき》に溢《あふ》れていて、えも言われぬおかしみと憎めなさを持ち合わせている。

それゆえ、この住吉界隈で亥之吉はなかなかの人気者であるし、由五郎も顔を見れば厳しい言葉を投げかけはするが、廃嫡はしても勘当《かんどう》はせずにいたのだ。

「亥之吉、お前も方々旅に出て、人の情や苦労を知ったようやな……」

由五郎がしみじみと応《こた》えれば、

「兄さん、ここは兄さんの家ですがな、何の遠慮もいりまへんよってに、どうぞいつまでもいておくなはれ……」

卯之助は、亥之吉の手を取って力強い声で言った。

亥之吉もまた、角張った顔にある細い目から涙をぼろぼろと流して、

「いや、親父殿とお前の達者な様子が知れたらそれでええのや。ここはもう卯之助の店やよってに、二、三日もしたら出ていくわい」

と、殊勝《しゆしよう》なことを言う。

由五郎と卯之助はこれを押し止《とど》めて、渡り料理人として得た腕を是非見せてもらいたい、と亥之吉に願う。

元より亥之吉は料理人としての腕は悪くない。

「わしのできることなら、何でもしよう……」

快《こころよ》く引き受けて、板場の外には一切《いつさい》出ずに、加賀《かが》金沢《かなざわ》、近江《おうみ》彦根《ひこね》などで覚えた料理を亥之吉なりに工夫したものを拵《こしら》えてみせた。

「おお、これはうちでも使わせてもらお……」

由五郎も親である。息子の料理の腕と人としての成長が嬉しくて、

「次に亥之吉のあほが帰ってきよったら、もう家には入れんつもりでおます……」

などと日頃口癖《くちぐせ》のように言っていたことも忘れ、

「亥之吉のあほが帰ってきよりましたんや。どうせまた何ぞしでかすに違いないよってに、追い返したろと思たら、これがなかなかうまい料理を作りよりますねん。まあ、ちょっとは大人になったようで、言うこともしっかりしておりましてな。しばらく亥之吉の拵えるもんを見てやろうと思てますのや。いっぺんまた食べに寄ったっておくなはれ」

などと、朝の内は自《みずか》ら店の表を掃《は》き清め、前を通りかかった人を摑まえてはこんな話をしたので、

「あの亥之吉が帰ってるぞ……！」

という噂《うわさ》がたちまち広まったのである。

今までも、帰ってきた時は態度も神妙で、己《おの》が至らなさの反省を口にして、由五郎を安心させながら、三日も経《た》たぬうちに騒ぎを起こしてきた亥之吉である。

その度《たび》に、父子喧嘩を募《つの》らせ世間に恥をさらした苦《にが》い思い出があるというのに、様

子も見ずに亥之吉が帰っているのを自分の口から人に伝えるなど、由五郎も随分《ずいぶん》と早まったことをしたものだと、この報《しら》せを聞いた時は皆一様に思った。

秋月栄三郎の父・正兵衛もその一人で、

「由五郎はんも、あれで息子がかわいいて仕方ないのやろうな」

と、笑ったが、

「親父殿が栄三郎の自慢をして廻るよってに、〝こはま〟のおっちゃんも、つい口から出てしもたのやろ……」

と、正一郎に指摘《まと》されて思わず口を噤《つぐ》んだ。

正一郎の言葉は的を射《い》ている。

時を同じく帰ってきた栄三郎と亥之吉――。

それほど深い付き合いをしていないので、正兵衛は栄三郎が帰ってから由五郎に会っていない。

〝こはま〟がまだ煮売酒屋のような折は、正兵衛もたまには一杯やりに出かけたが、

「あの店も何《なん》やしらん気取ってしもて、行きにくなったわ」

と、近頃では足を運ばなくなっていた。

それに、由五郎が亥之吉の放埒《ほうらつ》ぶりを嘆いているのを知っているので、さすがに正

兵衛も由五郎の前では栄三郎自慢は出来ず、〝こはま〟の方へは足を延ばさなかったのである。

とはいえ、正兵衛の自慢話は既に由五郎には届いていた。

「野鍛冶のおやじがみっともない……」

と、やり過ごせればよいのだが、それは出来なかった。

野鍛冶の二番息子が剣術に取《と》り憑《つ》かれ、周囲の反対を押し切って江戸へ修行に出た。

そして二十数年を経《へ》て、江戸で立派に剣術道場と手習い所を構え、高貴な旗本屋敷で出稽古を務《つと》めているのである。

外見はくだけた様子を醸《かも》してはいるが、両刀を帯びた威風あるもので、江戸前の垢《あか》抜《ぬ》けた従者を連れての帰郷は、正しく〝故郷へ錦《にしき》を飾る〟といった言葉が当てはまる。

正兵衛の人となりも相俟《あいま》って、誰もが秋月栄三郎の立身を喜んでいるのがわかるだけに、

――それに比べてうちの倅は。

由五郎は、もう三年ほど顔を見ていない亥之吉を思い、溜息ばかりをついたもの

だ。

決して悪い男ではない。料理の腕も悪くはない。それなのに誰に似たのかは知らぬが、お調子者で酒好き、喧嘩《けん か》好き、博奕好き——。

由五郎自身が、融通《ゆうずう》の利《き》かない生真面目《きまじめ》な男であるから、亥之吉の気持ちがまるでわからない。その相性の悪さが父と子の不和を招いたのだと思う。

しかし、思えば自分の育て方も悪かったのに違いない。その挙句《あげく》に、

「何かというと家を空《あ》けるお前に、この店は任せられん！」

と、怒りが募って廃嫡を言い渡してしまった。そんなことをすれば、亥之吉が家に居《い》られなくなるのもわかっていながら——。

晴れぬ想いを胸に抱え、住吉大社に参って、辺りをぶらぶら歩いていると、山崎道場の傍《そば》へさしかかった。

ふっと武者窓に寄って中の様子を窺《うかが》うと、稽古場には近頃見慣れぬ剣客がいて、山崎島之助の門人に指南をしていた。

その剣客が栄三郎だとわかった時、由五郎はえも言われぬ虚《むな》しさに襲われた。

栄三郎は、かつて学んだ山崎道場でその恩に報《むく》いんとして稽古に来ていたようだが、その立居振舞といい、剣捌《さば》きといい、道場の門人達と格段の差があることは素人《しろうと》

目にも明らかだ。

正兵衛の息子自慢に法螺《ほら》はなかった。

その事実を思い知らされた時、妬《ねた》みさえも浮かばず、由五郎は言葉が出なかった。

今、武者窓の向こうにいて、ゆったりとした物腰で頰笑んでいる栄三郎も、昔は野鍛冶の倅が剣術に現《うつつ》を抜かしてどうするのだと、正兵衛を嘆かせたはずだ。

だが、その嘆きを自慢に変えたのは、正兵衛の息子に対する心の広さではなかったか。

亥之吉を流れ者にしてしまったのは、自分の不甲斐《ふがい》なさゆえのことなのだ。その想いが由五郎を虚しくさせたのである。

そんな折に亥之吉がふらりと帰ってきた。

顔を見るだけでも胸が躍《おど》った由五郎は、今までになく落ち着いた様子で詫《わ》びられ、旅で学んだ料理を見せられた。

嬉しさのあまり涙が出て、廃嫡にしたものの、亥之吉にやる気があるならば、亥之吉のために他所《よそ》に一軒店を持たせてやろうとさえ思った。

このことはまだ口にはすまいと呑《の》み込んだが、くさしてばかりで何も認めてやってこなかった亥之吉への情が噴き出し、つい正兵衛の真似をして、久し振りに帰ってきた息子を自慢げに話してしまったのである。

誰も信じてくれずともよかった。

亥之吉を自慢してやることで、自分の息子への愛情を示したかったのである。

親の想いを知れば、亥之吉自身もさらに変わってくれるであろう――。

だが、それこそが親の欲目であると、由五郎はすぐに思い知らされることになる。

帰ってきた日と次の日くらいは、弟の卯之助を助けて板場に籠《こも》って腕を揮った亥之吉であったが、三日目からは〝こはま〟に人相風体の怪《け》しからぬ連中が何人もやってきてはどんちゃん騒ぎを始めた。

すべては亥之吉の大坂での遊び仲間で、博奕打ちに香具師《やし》の若い衆、渡り料理人といった、店にとっては、どうも筋の悪い客であった。

とはいえ、代はきっちりと払っていたし、由五郎は、亥之吉への想いを新たにしたところであったので、頭ごなしには叱《しか》りつけずに、

「亥之吉、あれはお前の友達かい。随分と賑やかな連中やないか」

と、板場で働く息子にまず穏《おだ》やかに訊ねた。

「ああ、これは賑やか過ぎるようでおますなあ。悪い奴らではおまへんよってに、まあ、堪忍《かんにん》したっとくなはれ」

亥之吉はあっけらかんとして応えた。

ちょっと前まであれば、

「何が気に入りまへんねん。お客が来てくれるのは結構なことやおまへんか。うるさいこと言いなはんな」

などと喧嘩腰で返して、すぐに親子喧嘩になったゆえ、それでも少しは大人になったというべきか――。

由五郎も、せっかく息子との雪解けを覚えていたところであったので、そのように自分に言い聞かせ精一杯寛容に振舞ったのだが、亥之吉はこの寛容にどこまでも甘えるように、迷惑な客を呼んで、ついには自分も板場を出て相手をするようになった。

客達と盛り上がり、そのまま店を一緒に出て、朝まで戻ってこなかったり、酷《ひど》い時には店の座敷で酔い潰《つぶ》れる始末――。

由五郎は、それでもこれは、亥之吉が店に客を呼んでやろうという、彼独特の気遣いではないかと、また自分に言い聞かせた。

しかし、栄三郎が又平と大坂で遊山《ゆさん》に励《はげ》み、親兄弟との久し振りの団欒《だんらん》を楽しんでいる間に、この息子を想う由五郎の寛容も限界に達してきたのであった。

三

息子・亥之吉の欠点ばかりが目につき、廃嫡にしてしまった己が短慮を恥じて、久し振りに帰ってきた亥之吉としっかり向き合って暮らそうと思った由九郎であった。

それゆえ亥之吉の少々行き過ぎた羽目《はめ》の外《はず》し方もまた、息子の愛敬《あいきょう》であり、人に嫌われぬ理由のひとつだと解し、頭ごなしには決して怒るまいと心に決めた。

それでも人には親子といえども相容《い》れない性分というものがある。

ある夜、〝こはま〟の二階座敷で派手に飲み食いを始めた亥之吉の仲間内の連中が、〝蛍踊《ほたるおど》り〟と称して、真っ裸で四《よ》つん這《ば》いになり、その尻《しり》に火の点《つ》いた蠟燭《ろうそく》を挟《はさ》みながら下卑《げび》た唄《うた》にのせて踊る――という、由五郎にとっては見るに堪《た》えない芸をやらかし、酔ってそのまま二階の窓から地上へ蛍となって落下した。

ここに至り、由五郎の怒りは爆発した。

――もうあのあほと向き合うのはやめた！

この家には、真面目に黙々と嫁も取らずに料理人としての腕を磨いてきた孝行息子の卯之助がいるのである。

老い先短い身で、これほどまでの胸のつかえに悩まされるならば、その元凶は取り除いた方が好い死に方が出来るというものだ。

由五郎は、思わずだだッと二階座敷に駆け上り、

「こら亥之吉！　おのれは店を潰しに帰ってきさらしたか！」

と、叫んだ。

その時、亥之吉はというと窓の手摺《てすり》を持って、下でぐしゃりと輝きを失って倒れている蛍男を見ながら大笑いしていたのだが、

「これは親父殿、えらい騒がせてしもて、すんまへん」

由五郎の恐ろしい剣幕に、ぺこりと頭を下げた。それでもまだ口許は笑っている。

それが由五郎をさらに怒らせた。

「すんまへんやあるかい！」

「いや、一人あほがおりまして」

「あほはおのれじゃ！」

「そない怒らんでもよろしいやろ。まずあの蛍を助けたっておくなはれ」

「やかましいわい！　この店の客に蛍はおらんわい、皆、出ていってくれ！」

由五郎は喚《わめ》き続け、さすがの遊び人達もすごすごと帰っていった。

しかし、一旦《いったん》火の点いた由五郎の怒りは収まらなかった。

今宵《こよい》は、〝こはま〟の料理の評判を聞きつけて、天満の酒問屋の旦那《だんな》衆がわざわざ足を運んでくれていたのだ。

旦那衆は、二階座敷のどんちゃん騒ぎには辟易《へきえき》していたが、人間蛍の落下は、座敷の窓から見えたらしくて、

「これはおもしろい物を見せてもらいましたわ」

最後は大笑いして帰っていった。

それでも、もう二度と来ることはないかもしれない。

「まったくお前は、卯之助につきかけたお客をわやにしてしまうつもりか！」

由五郎は、表で倒れていた人間蛍に着物を着せて立ち去らせた後、表で叱責《しっせき》を続けた。

こんな様子を見られると、余計に卯之助の客を失うことになりかねないのだが、そんなところにまで考えが及ばなくなるのが由五郎の人としてのおもしろさなのである。

「ちょっと騒いだくらいでけえへんようになる客なんで、放っといたらよろしいやないか」

「何やと、わかったようなことを吐《ぬ》かすな。お前がお客を店に付けてくれたわけでもないやろうが」

「そやよってに、このところ金離れのええ客を連れてきましたんやがな」

「金離れがようても、そのせいでこっちは客離れがするわい」

「どんな客でも客は客や。そないにお高くとまらいでも……」

「お高くとまるつもりはない！　そやけどな、この店も今ではちょっと人に知られた料理屋になったのや」

「そらまあ、卯之助の腕がええのは確かでっけど……。へへ、所詮《しょせん》は片田舎《かたいなか》の煮売酒屋でんがな。堅いこと言いなはんな」

亥之吉は喋《しゃべ》るうちに面倒になってきて、吐いて捨てるように言った。

「何やと……」

由五郎はジロリと亥之吉を見た。

所詮は片田舎の煮売酒屋——。

今の由五郎にとっては、一番言われたくない言葉であった。

これもまだ亥之吉には伝えていなかったのだが、少し前に卯之助に縁談が舞い込んでいた。

しかも相手は、北浜《きたはま》の老舗《しにせ》料理店〝花福楼《かふくろう》〟の娘であった。

たまたま住吉詣《もう》での帰りに〝花福楼〟の主人・治右衛門《じえもん》が店に立ち寄り、卯之助の料理と人となりに惚《ほ》れ込んでしまったのだ。

娘を嫁《とつ》がせた後は、〝花福楼〟が後ろ盾になるから、この〝こはま〟を住吉の名店にしてみないかと、治右衛門の鼻息も荒いのだ。

申し分のない話なのだが、〝花福楼〟といえば、日本の富を左右するという大坂の金相場会所や俵物会所のある北浜随一の料理屋で、客筋の好さは庶民の想像を絶するものだ。

二つ返事といきたいところではあるが、その主の治右衛門を義父《ちち》とするのは畏《おそ》れ多い話であると、少しだけ時を頂戴《ちょうだい》したいと告げていた。

治右衛門は殊勝なお人だと、由五郎、卯之助父子をさらに気に入り、もう話は決まったものと喜び、時に上客を〝こはま〟に送り込んでもくれている。

それを思うと申し訳なくて堪らないのだが、本音を言うと由五郎の縁組への逡巡《しゅんじゅん》には二つの理由があった。

ひとつは、〝こはま〟は老舗の料理屋ではなく、元々は住吉大社門前の汚い小体の煮売酒屋であったことだ。息子の卯之助と共に誰にも負けぬ料理造りの腕を独自に磨いてきたつもりではあるが、老舗の料理屋で修業をしたわけでもない不安が胸の内から離れない。

さらにもうひとつが、やくざな兄、亥之吉の存在である。治右衛門には、卯之助に兄がいるのを伝えてはいるが、今は江戸で小商《こあきな》いをしていると言葉を濁《にご》していたのである。

そして今、そんな由五郎の想いも知らずに、このあほ息子は人間蛍を放生し、所詮は片田舎の煮売酒屋ではないかとへらへら笑いながら言う。

「このあほがもういっぺん言うてみい」

むきになる由五郎を見て、亥之吉はうんざりとした顔付きとなり、

「飲んで食べて騒いで……、それの何があきまへんねんと言うてますのや。煮売酒屋の昔はそうでおましたがな」

と、嚙み付くように言った。

「おのれは……」

もういけなかった。由五郎はついに、

「おのれは今日限り、久離《きゅうり》切っての勘当じゃ！」

と叫んでしまった。

「親父殿……、勘当とはお情けない……」

亥之吉は顔をしかめたが、その表情はどうにもおかしくて、父子の騒動に気付いて集まってきた野次馬《やじうま》達を失笑させた。

「情けないのはこっちの方じゃ！　見物の衆、今日《こんにち》この場より、亥之吉はうちとは何の関わりもおまへんよってにお見知りおきを……」

由五郎は落ち着き払ってこう告げた。

「親父殿、待っとくなはれ……」

慌《あわ》てて由五郎の袖《そで》を引いたのは卯之助であった。

彼は板場の中に籠っていたゆえ、今の騒ぎが何たるかを確《しか》とわからなかったのだが、父と兄の不和に悩まされ続けたこの次男坊は、このままではいかぬと間に入った。

「卯之助、もうええ、お前の苦労が水の泡になってはいかんのや、ええからほっとき」

由五郎は卯之助に下がれと言った。

「いや、あきまへん、あきまへん……」

卯之助は泣きそうな顔になり、兄・亥之吉の勘当を解こうとしたが、

「お前がこのあほのために苦労することはない。ええよってにお前は板場に戻らんかいな」

由五郎は、卯之助だけは世間の好奇にさらすまいと、その場から追い返そうとした。

「いや、そやけど親父殿……」

それでも卯之助は亥之吉の勘当を思い止まらせようとその場に止まった。

「卯之助、もうええのや……」

亥之吉は、泣いているような笑っているような神妙な顔を弟に向けた。

「今まで、この頼りない兄貴を気遣《きづこ》うてくれてすまなんだな」

「兄さん、気遣うやなんてそんな……」

「いや、もう何も言いな。お前がいてくれたお蔭《かげ》で、わしは今まで好き勝手ができたのや。わしはお前がこの先あんじょうやってくれることを祈っているよってにな」

亥之吉はしみじみとした口調で弟を宥《なだ》めた。

いつもの父子喧嘩だと集まってきた野次馬達は、亥之吉が見せる愁嘆場《しゅうたんば》にたじろいで、少しずつその場を後にした。

野次馬に紛《まぎ》れて様子を見ていた秋月栄三郎と又平も物陰《ものかげ》に隠れた。

二人は今日南地をぶらぶらとした帰りに、この騒ぎに出くわしたのだが、栄三郎に見られていると知ったら由五郎も気分が悪かろうと、気取《けど》られぬようにそっと眺めていたのである。

栄三郎の目に、由五郎は大いに動揺しているように映った。

堪忍袋の緒が切れたとはいえ、つい勘当を口走ってしまったのであるから当然であろう。

〝こはま〟の父子が抱えている問題を詳しく知らぬ栄三郎であったが、そこに卯之助の将来を守るために、不肖の一番息子を切り離した親の哀れを見てとった。

勘当したものの、何とかしてやりたい。それでも今心が揺らいでは前へ進めない。ここは心を鬼にしてでも、泣いて馬謖《ばしょく》を斬《き》るのだ、由五郎の表情にはその意志があふれていた。

「親父殿、今までわしを許してくれておおきにすんまへんでしたな。この亥之吉は何とでも生きていきまっさかいに、どうぞこの先は忘れておくなはれ……」

亥之吉はぺこりと頭を下げると、一旦、店へ戻って旅仕度《じたく》をして〝こはま〟を立ち去った。

「兄さん……」

亥之吉にまとわりついて思い止まらせようとする卯之助の利き腕を、由五郎はしっかりと摑んで、

「卯之助、わしが決めたことや、あの男のことはほっとき……」

怒ったように言うと、

「どちらさんも、お騒がせしてすんまへん。もうあの男はうちと関わりがおまへんよってに、よろしゅうお願い申します」

と、見物の衆に重ねて伝え店の中へと入ったのである。

「又平……」

栄三郎は又平を目で促《うなが》した。

「へい……」

又平はその目の意味が、亥之吉の跡を追えということだと瞬時に察して、栄三郎の傍から離れた。

今宵あたり〝こはま〟を訪ねて亥之吉と話してみたいと思っていた栄三郎であったのだが、いきなり勘当騒ぎに出くわして当惑していた。

亥之吉は栄三郎よりひとつ歳下で、子供の頃はよく遊んだ思い出がある。

栄三郎以上に体の動きも敏捷《びんしょう》で、

「亥之はんの方がわしより強なるのと違うか」

剣術を習うようになってから、栄三郎は亥之吉に会うとそう言ったものだ。

「栄さんには敵《かな》わんわ」

亥之吉はその度に目を糸のようにしたが、家で父親について料理人の修業をしつつ、もうその頃には住吉界隈では少年達の間で幅を利かすようになっていた。

それで、由五郎にはよく叱られていたが、決して弱い者は苛《いじ》めず、とにかくおもしろい話を仕入れてきては人に話して笑わせる気の好い男であった。

十歳になるまでは、住吉大社からは少し離れた万代池《ばんだいいけ》の東畔に住んでいた栄三郎は、今の鳥居《とりい》前の家に移ってきたばかりの折は、なかなか親しい友達が出来ずにいたが、亥之吉と親しくなることで、他の子供達と馴染《なじ》むことが出来た。

それでも剣術を始めてからは、なかなか子供達の中に入って遊ぶことも出来なかったし、十二歳くらいになると丁稚《でっち》奉公に行ったり、家業の手伝いを本格的にするようになるから、やがて同年代の子供達とは疎遠《そえん》になっていった。

その中でも、巧《たく》みに家の手伝いを抜け出して遊ぶことに長《た》けていた亥之吉とはよく顔を合わせ、あれこれ馬鹿話などをし合った。

それゆえ、栄三郎は〝こはま〟に亥之吉が久し振りに帰ってきたと聞いて、これも縁だと思いすぐに訪ねたかったのだが、自分が実家に戻って以来、正兵衛が息子自慢をしていたので、行きにくかった。

しかし、由五郎もまた亥之吉自慢を始めたと聞いたので、そろそろ訪ねても好い頃だと機会を窺っていたところ、この騒ぎに出くわしてしまったのだ。

せめて又平に居所を突き止めさせておいて、明日にでも会えればよいと、栄三郎は夜道を一人、親兄弟の待つ家へと戻った。

冬の日の帰り道は何故《なぜ》か急ぎ足になる。

そういえば幼い時に、何度かこの道を母親と兄に挟まれて、遅れてはなるものかと懸命に歩いたことがあった。

「大事に育ててもらったよ……」

栄三郎の口からそんな言葉がふっとこぼれ落ちた。

四

「栄三郎、昼にはちょっと早いけど、うどんでも食べに行こか……」

翌日の正午にはまだ間があるという時分に、野鍛治の仕事場で正一郎が言った。

今は又平と二人で、正一郎、正之助父子にあれこれ鍛冶仕事を学んでいるところであった。

正兵衛は朝から、

「ちょっと出てくる……」

と言い置いて出てしまっていた。

「うどん、よろしいなあ。そう言うたら兄さんとゆっくり話もできてまへんよってにな……」

栄三郎は上方訛《なまり》で応えると、

「そんなら、ちょっとの間、正之助と留守を頼んだよ」

と又平に伝えて、正一郎と共に立ち上がった。

「へいごゆっくり。あっしは正之助親方にあれこれ教えてもらっておりやすから……」

又平は、初めて見る鍛冶仕事に心を奪われているようだ。

「正之助、戻ったら又はんとうどんを食べに行ったらええわ」

正一郎は、すっかり又平と仲好くなっている息子を労《ねぎら》ってやると、栄三郎を伴って仕事場を出た。

「うどん屋は、住吉っさんに沿って北へ行ったあの……」

「そうや、〝玉《たま》ゆう〟や。懐《なつか》しいやろ」

栄三郎の問いに正一郎はにこやかに応えた。

「そうそう、〝玉ゆう〟やった。いえね、江戸でうどん屋のおっさんの姪《めい》というのにばったり会いましたのや」

「おっさんの姪……、そういうたら随分前に時々手伝《てった》いにきてたのがいたな」

「おかねいいましてね、江戸へ旦那と二人で出てきてうどん屋やってましたのやが、この旦那がしょうもない女に騙されよりましてな」

「それを栄三郎が助けてやったというわけか」

「はい」

「向こうの方はお前を覚えていたか」

「いや、まったく忘れておりましたので、そのままにしておきましたのや」

「何や、栄三郎の方は覚えていたというのに愛想なしやな」

「えらいおばはんになっておりましたよってに、今さら名乗らいでもええわと思いましてな……」

「そりゃあそうやな……」

正一郎はからからと笑いながら、〝玉ゆう〟に入った。

入れ込みの床几《しょうぎ》に並んで座ると、道場での稽古帰りの匂《にお》いがした。それは香ばしい醬油《しょうゆ》の香りと、汗と血の匂いであった。

「へえ、まいどおおきに……」

件のおかねの叔父である主人は、今も健在であった。もともと細かった体は骨と皮ばかりとなり、頭髪も頼りないものとなっていたが、声とその張りは変わっていない。

正一郎にかける声音《こわね》は、多分に相手への敬意が含まれていて、いかに正一郎がこの辺りで貫禄《かんろく》を認められているかわかるものであった。

「しっぽくでええか？」

正一郎は栄三郎の好物を覚えていて、これを二つ頼むと、店のおやじが、

「ひょっとして、弟さんでおますか……」

と、寄ってきて頭を下げた。

着流しではあるが、両刀を携《たずさ》えてきていたので、すぐにわかったようだ。

正一郎は愉快に笑って、

「もううちの親父が自慢にきてたかいなあ」

いかにも弟だと告げた。

「堪忍してくだされや。江戸で剣術をしているというても、大したことはないのじゃ」

栄三郎はすかさず続けて、

「ここにいる頃は、何度もここのうどんをよばれたが、江戸では食べられぬ味ゆえ、恋しゅうなってな……」

と、うどん屋のおやじを喜ばせた。

やがてうどんが運ばれてきた。〝しっぽく〟は、玉子焼き、かまぼこ、しいたけなどが入った〝かやくうどん〟のことで、この店の名物でもある。栄三郎はしばし上方風の薄味にこくと甘味のある出汁《だし》を堪能《たんのう》して、

「もうちょっと早《はよ》う、ここにくるべきでおましたわ」

うどんを啜《すす》りつつ正一郎に誘ってくれた礼を言った。

「それはよかった……。そやけど親父殿はどこへ行たのやろなあ」

「さて、〝こはま〟の騒動の噂を聞きに回ってはりますのやろ」

「ふふ、そんなところやろな……」

兄弟は苦笑した。

昨夜栄三郎は家へ戻ってから亥之吉の勘当騒ぎについて何も言わなかった。どうせすぐに正兵衛の耳に入ると思ったからだ。

噂は栄三郎の推測よりはるかに早く、その夜のうちに、並びの米屋の喜八《きはち》が、

「〝こはま〟がえらいことになってまっせ」

と、報せにきたのである。

喜八は元々米搗《こめつ》きをしていたのだが、五年前に正兵衛と共に、住吉大社で俄《にわか》の差し込みに苦しむ老人を助けたところ、これが堂島の大きな米問屋の隠居であった。

その縁により、正兵衛と喜八は隠居に誘われて、江戸へ遊山に出かけることになるのだが、その後も隠居は正兵衛と喜八への交誼《こうぎ》をかかさず、喜八が奉公していた米屋に跡取りがいないと知るやこれを買い取り、喜八を主に据《す》えたのである。

思わぬ立身を遂《と》げた喜八は、これも日頃から正兵衛と交誼を重ねている賜物《たまもの》だと受け止め、未だに何かというと正兵衛の用などをこなしてくれているのである。

「そうか、ついこの前は息子自慢をしていたというのに、気の毒なこっちゃな」

さすがに正兵衛も勘当したと聞かされて、人の不幸を楽しむ余裕もなく顔をしかめたが、

「同じように久し振りに帰ってきた息子でも、栄三郎はんとはえらい違いでんな」

喜八に言われて、

「ほんまにありがたいこっちゃな」

と、すぐに顔を綻《ほころ》ばせていた。

それで一夜明けて、正兵衛は喜八に言われたのと同じ言葉をさらに聞きたくなって、朝から出かけているようなのだ。

「うちのお父はんも精が出るもんや……」

正一郎はぽつりと言った。

「あんなお人やったかなあ……」

と、栄三郎。

「老いたというこっちゃ」

「ああ、老いましたか、野鍛冶の正兵衛はんが」

「やめておくなはれ。そやけど幸せな老いや。栄三郎、それもお前のお蔭や」

「いやいや、この栄三郎はお世辞にも誉められたもんやおまへん。親父殿が見栄を張っているだけのことでござりますわい」

「いやいや、栄三郎、お前はもっと己を誇《ほこ》った方がええ」

「そうですやろか……」

「ああ、わしは江戸でのお前の暮らしを傍で見てはおらぬが、あの又平殿を見ていると、お前が立派に人の役に立って暮らしている様子が見えてくる。お父はんはそれを自慢に思うているのや」

「兄さんにそう言うてもらえると、ほんに嬉しゅうござります。帰ってきた甲斐があったというものじゃ」

「そのついでに、亥之吉のために一肌脱いでやれ」

「亥之吉の……」

「昨夜、又はんが遅れて戻ってきて、あれこれ話していたようじゃが、あれは亥之吉の跡をついていったことの報せやなかったのか」

「兄さんは大したものじゃ。はい、その通りでおます……」

栄三郎は大きく頷いた。

亥之吉が〝こはま〟に戻ってきたという噂を耳にした時、栄三郎は折を見て会いにいってみるつもりだが、正兵衛の息子自慢を耳にして行き辛《づら》くて困っていると正一郎には話していた。

その時、正一郎は、

「うん、折を見て会いに行ってやり、それがええわ」

と、何気なく相槌《あいづち》を打っていたが、ずっと気にかけて見ていたようだ。

「亥之吉はまだこの界隈にいるのか？」

「又平がそっと跡をつけたところ、〝駕籠政《かごまさ》〟に入っていって、そこでちょっとの間、世話になると言うていたそうで……」

「そうか……」

〝駕籠政〟は住吉街道沿いにある小さな駕籠屋で、ここの親方の政太郎《まさたろう》は、かつて亥之吉とは悪友同士で今でも親交があった。

「栄三郎、亥之吉から目を離さぬようにしてやるがいい……」

正一郎はうどんを食べ終ると腕組みをして宙を睨《にら》んだ。

「勘当されて自棄《やけ》になるのではないかと……」

「いや、あの男は何かをやらかそうとしているような気がしてならんのや。そのために、わざと勘当を受けるように持っていったのではないかと……」

「なるほど、兄さんには何か心当たりがあるようでござりますな」

栄三郎も出汁を飲み干してニヤリと笑った。

「うむ、その話は帰る道すがらするとしよう」

「はい」

「わしは亥之吉が何やら放っておけいでな……。悪い奴やない。男の愛敬のある奴や。ただ由五郎はんと気性が合わんだけのことや。お前が江戸に行ってから、何や知らんが、わしを慕《しと》うてくれてな。たまに戻ってくるといつも訪ねてくれた。それが今度は会いにこんところを見ると、何かあると思うのや」

「わかりました。まずわしに任せてくだされ。秋月栄一郎と又平には、取次屋という裏の稼業がござります」

「そうらしいな。人したものや」

「なに、やくざな稼業でござりますわ。とてもやないけど自慢できるようなものではない……」

「いや、それで助かっている人がいるのやろ、立派なものや。さて、そしたら行こか……」

「その前にひとつ兄さんに言うておきたいことが……」

「何じゃ」

「兄さんは立派なお方でござります」

「いきなり何を言い出すのや。恥ずかしいがな」

「いえ、これだけは言うておきたかったのです。親の跡を継いで、一家を成して、野鍛冶の腕は人に知られ、人の面倒をそっと見て、あほな弟をやさしゅう見守って……。兄さんはほんに大した男でございます。久し振りに家へ帰って、それがつくづくわかりました。それじゃよってに、一度そのことを兄さんに申し上げたかったのでございます……」

栄三郎は目を潤ませながら、正一郎に少し頭を下げてみせた。

「おおきに……。嬉しいわ」

正一郎は泣きそうになるのを堪《こら》えんとして、栄三郎から目をそむけて、うどんの代を置くと立ち上がった。

「栄三郎、行くで……」

「はい、ではその心当たりというのを聞かせてもらいましょう」

栄三郎も涙を堪えて立ち上がると、正一郎と店を出て肩を並べて歩き出した。

帰りの道中、正一郎が語ったのは、亥之吉の弟・卯之助についてのことであった。

聞くうちに、栄三郎の勘働《かん》きは、このところの遊山気分が抜けて、鋭い冴《さ》えに充《み》ち溢れてきた。

五

「卯之助はん、おこまとはいつ頃一緒になってやってくれまんのや……」

勘吉《かんきち》はにこやかな表情の奥に、蛇《へび》のような不気味で鋭い目差《まなざ》しを光らせて問うた。

「いや、そんな、一緒になれと言われましても、まだそこまでわては……」

卯之助は口ごもった。

二人はこの日の昼下がり、住吉大社北の摂社《せっしゃ》・大海《おおわたつみ》神社の社殿裏にいて、人目を憚《はばか》るように話をしていた。

「まだそこまでは……、ほな卯之助はんはただおこまを弄《もてあそ》んだと言いなはるのか」

勘吉は語気を強め詰るように言った。

「いや、弄んだつもりはおまへん。そやけど、わてにはその……」

「覚えがないと言わはりますのか」

「何も覚えてませぬよってに……」

卯之助は消え入るような声で言った。

「卯之助はん、そらあんまりやおまへんか……」

勘吉は大仰に溜息をついた。

いくら溜息をつかれても落胆されても、卯之助は本当に身に覚えがないのだ。

二月《ふたつき》ほど前のことであった。

店の客に誘われて道頓堀へ芝居見物に行った帰り、近くの料理屋で酒を飲んだ。男ばかりのこととて、芸妓《げいぎ》でも呼ぼうと思ったところ、芝居小屋で行き合った茶屋娘二人がなかなかに愛らしかったので、誘ってやることにした。

二人の娘は、色をひさぐ水茶屋ではなく、高津宮の参詣《さんけい》客相手の休み処《どころ》で働いていて、卯之助はそこへ立ち寄ったことがあり二人を見知っていた。

客の中にも娘二人と顔馴染の者がいて、話が弾《はず》んだのだ。

同座してみると、玄人《くろうと》くささはなく健康的な色香に溢れていて、それでいて座持ちもよく、

「芸者など呼ぶより、この二人といる方が色気抜きで余程ええわい」

と、一刻《とき》（約二時間）ばかり酒食《しゆしよく》を共に楽しんで心付けを渡し駕籠を呼び、帰してやったのだ。

ところが、座は盛り上がったものの、酒に強くない卯之助は、客への気遣いもあり、勧められるがままに飲んだのですっかり酔っ払ってしまった。それで客の一人

が、

「これは飲ませ過ぎてしもうたようやな。まあええわ。ちょっとの間、休んでいきなはれ」

と言って店に話をしてくれた。

卯之助はその言葉に甘えて一刻はど横にさせてもらうことにした。

そのうちに、うとうとと眠りに落ち、何やら心地の好い夢を見た想いがして目を覚ますと、先ほどの茶屋娘の一人が卯之助の傍に寝ていた。

その娘が、今勘吉という男の口から語られているおこまであるのだ。

おこまは、帰らんとしたものの、卯之助が気にかかり戻ってきたのだという。

「それはえらいすんまへんでしたな……」

卯之助はわけのわからないうちにおこまに添い寝をされていたので動揺して、とにかく礼を言って、そそくさと店を出て帰ったのだが、それから時折、おこまが板場をそっと覗《のぞ》くようになった。

それは決まって卯之助が一人の時なのだが、

「わても仕事があるよってに困りますがな」

と言うと、

「そんな、お情けないことを言うとは思いまへんでした……」

おこまは恨《うら》むような目を卯之助に向けて、

「あの時、お前を嫁にしたいと言うてくれはったやおまへんか」

と、驚くべきことを言った。

卯之助にはまるで覚えはなかったが、あの一刻の間に、おこまは卯之助と情を交《か》わしたというのだ。

「ちょっと待ってくれ……。わてはあの時、ずっと横になって眠っていたと……」

卯之助は何が何やらわからなくなり頭を抱えた。

「からかうのはやめておくなはれ。あの時、卯之助さんは、前から高津宮でお前を見かけて心惹《ひ》かれていた。いつかお前と一緒になれたらええと思うていた。そやから今日のことは夢のようやと言うてくれはりましたやないか」

おこまは卯之助の動揺をよそに、うっとりとして卯之助が誂《あつら》えて持っている手拭《てぬぐ》いを袖から取り出して胸に抱いた。

「それは……」

卯之助は息を呑んだ。

丸に〝卯〟の字が〝こはま〟の屋号と共に染め抜かれたその手拭いは、どこかで失《な》くしたとばかり思っていたが、おこまの手にあったとは――。

少なくともその手拭いが女の手にあるということは、何かあったと言われても仕方がない。卯之助は苦悶《くもん》した。

その場は、まだまだ板場修業は道半《なか》ばで、所帯を持てたものではないのだと言い繕《つくろ》ってひとまずおこまを帰したのだが、この時、既に〝花福楼〟からの縁談があがっていた。

幸い、まだその話は正式に受けたものではなかった。

しかし、〝花福楼〟の治右衛門も、父親の由五郎も、ほとんど決まったものとして動いている。由五郎は何とか〝こはま〟の体裁を今以上に整《ととの》えて、卯之助が老舗料理屋の娘を貰《もら》い易《やす》くするために動いていて、その間が欲しいゆえに、正式な返事を延ばしているだけなのだ。

そしてそれが由五郎にとっては功《こう》を奏《そう》し、三日前は極道息子の亥之吉を、縁談の災いになると勘当にしたのである。

卯之助とても、この間におこまの件は片をつけねばならなかった。

おこまは、瓜実顔《うりざね》で鼻筋も通っていて器量はなかなかのものだ。しかし、その素姓もよく知らない上に、何を考えているかわからない不気味さが漂《ただよ》う。

この女と一緒になる気はまるでなかった。

ある時、はっきりと一緒にはなれないと拒《こば》んだところ、おこまは板場を覗きにこなくなった。

諦《あきら》めたか、新しい男でも摑まえたかと思っていると、しばらくして〝こはま〟に客としてやってきたのが勘吉であった。

勘吉は見事な料理だと言って座敷に卯之助を呼ぶと、そこで自分はおこまの兄だと名乗り、あの蛇のような目を光らせて、

「この先、長い付き合いをよろしゅう頼みます……」

にこりと笑ったのだ。

それでわかった。自分ははめられたのだと。

勘吉は時折やってきては、卯之助に、その後の妹との仲を笑顔で問い、真綿で首を締めるように追い詰めてきた。

そして今日、大海神社に呼び出したのは、そろそろ何かの催促ではないかと思われた。

「何とか、この苦しみから逃れたい……」

そんな気持ちを相手に与え、強請《ゆす》り取る額を釣り上げる魂胆なのであろう。

何が目当てなのかと、今日ははっきりと問うつもりであったが、かといって金で済ますとしても、結局は親頼みになるし、こんなことで父親に迷惑をかけたくなかった。

まさか、〝花福楼〟の治右衛門に金を借りるわけにもいかず、卯之助はやはり今は、

「わてもまだ所帯を持てる身分やおまへん……」

と、曖昧《あいまい》に言葉を濁すしかなかった。

「そうでっか。まあ、卯之助はんもあれこれと忙しい身やよってに、無理なことは言わしまへん。ただ兄としては、妹には幸せに暮らしてもらいたいと思いますわなあ。そこをわかっておくなはれ。わしは何も強請りたかりの類《たぐい》やない。たとえ他所さんから銀二貫で嫁に望まれたとて、妹の想いを遂げさせてやりたい。そない思てますのや」

卯之助の出方を読み切った勘吉は、尚《なお》も妹想いの兄を気取ったが、言葉の中にさりげなく銀二貫の金を織り込んだ。

つまり銀二貫くらいでは済まさないぞという意を伝えたのだ。

手切れ金は少なくとも銀三貫――。

そう言いたいのであろう。銀三貫は五十両に相当する大金である。

勘吉の肚《はら》は読めた。

卯之助が力無く頷くと、

「まあ、ゆっくりと考えたっておくなはれ……」

勘吉は胸元から般若《はんにゃ》の彫物を覗かせて、卯之助の肩をぽんと叩《たた》いた。

やがて卯之助が立ち去ると、勘吉はニヤリと笑って思い入れをした。

その姿を祠《ほこら》の陰から食い入るように見つめている男がいた。

卯之助の兄・亥之吉である。

亥之吉は、続いて立ち去る勘吉の跡をそっとつけようとして、足を踏み出したが、

「早まったらあかんで……」

背後から声をかけられてその場に立ち止まった。

「誰じゃい……」

亥之吉は注意深く、五体に力を込めて振り返った。

そこには一人の浪人風体の男がにこやかに立っていた。

「久し振りやな亥之はん……」

「栄さん……」

男は秋月栄三郎であった。

「心配しな、あの男の跡にはちゃんと一人付けてある」

栄三郎の目の先には、勘吉の跡をつける又平の姿があった。

「栄さん、これはいったい……」

呆気《あつけ》にとられる亥之吉に、

「もっと早いこと会いたかったんやけどな、あれこれ手間取ってしもてな。まず、どこぞで一杯やって話をしよか」

栄三郎は、長年会っていなかったことが嘘《うそ》のような親しい口調で言った。

亥之吉はすっかり栄三郎の調子に乗せられて頬笑んだ。

その笑顔を見て栄三郎は思い出した。初めて又平と会った時、笑うと目が糸のようになる様子に心が和《なご》んだのは、その表情がどこか亥之吉に似ていたからだと――。

「亥之はん、河豚《ふぐ》は好物やが二人ともあの世に行ってしまへんやろな」

「栄さん、これでも料理人や、任せといて」

手頃な店もなく、亥之吉は栄三郎を居候先の〝駕籠政〟へと誘った。

庭の物置を改築した一間が亥之吉のここでの定宿である。これは博奕の賽《さい》の目が好い方に出た時に、亥之吉が〝駕籠政〟の親方・政太郎に頼んで造らせたものであった。

そして、下手《へた》な店へ行くよりこの方が好いだろうと、ここで亥之吉が河豚を仕入れてきて捌いたのだ。

「へへへ、ここで栄さんに死なれたら、わしが何よりも困るよってにな」

亥之吉の手際はよかった。

政太郎へ少しお裾《すそ》分けをすると、かんてき（七輪）に火をおこし、二人で舌鼓《したつづみ》を打った。

ここへくるまでの道中、大概の話は二人の間でついていた。

「そうか……、正一郎親方が見ていてくれはったのか……。それで栄さんに見張られていたとはなあ」

亥之吉は感嘆した。

正一郎は、以前に大海神社で言葉を交わす卯之助と勘吉の姿を見かけて不審に思ったという。

そっと様子を窺うに、勘吉の人となり、卯之助の動揺ぶりが何とも気になったのだ。

その後、卯之助と二度ばかり外で顔を合わせた折に声をかけて、大海神社で見かけ

たことは言わずに世間話をしてみたが、その度に、

「そろそろ卯之さんも嫁はんもらわんとあかんなあ……」

という言葉にそわそわした。

正一郎は正兵衛、栄三郎にも共通する、勘の鋭い男であるから、卯之助の態度がどうにも気になった。

すると、亥之吉がふらりと戻ってきて、今さらながらの勘当騒ぎを起こした。

〝こはま〟には何かがあると思うのも当然であったのだ。

そして、正一郎に言われて、栄三郎が又平と二人で勘当されてからの亥之吉の動向を窺うに、亥之吉は万代池の北にある荒寺に足繁《しげ》く通っていることがわかった。

それは、ある男の姿を求めているように思えた。その男こそが勘吉であったのだ。

「あの男はどうやら卯之助はんを脅《おど》しているようやが、亥之はんはそのことを知ったのやな」

栄三郎が訊ねた。

「栄さんの言う通りや。まあ、蛇《じゃ》の道は蛇《へび》いうやつでな。渡り料理人いうたかて、ろくでもないところで料理の腕を揮うのが常でな。そこで、あの勘吉が、金の成る木を見つけたと卯之助の話をしているのを見てしもたのや……」

勘吉は北浜の名店〝花福楼〟の主人が、住吉大社門前の〝こはま〟という料理屋の倅に執心していると聞きつけたのだが、その卯之助を妹のおこまが知っていた。

妹と言っているが、このおこまは正しく勘吉の情婦で、高津宮の門前にある茶屋で働かせつつ、強請りのねたを仕入れているというのが、仲間内では知れていた。

そこで思いついたのが、おこまを卯之助に近づけて行う〝美人局《つつもたせ》〟である。〝花福楼〟との縁談がご破算になるのを、卯之助は何としても避《さ》けたいと金を造るであろう。

「そのことに勘付いたよってに、家へ帰ってきたのやな」

栄三郎は、うまいうまいと河豚を食べつつ問うた。

「ああ、卯之助を助けてやろうと思たのや」

「そのためにはまず、自分自身が由五郎のおっちゃんから、勘当されてないといかん

……ということか」

「栄さんは大したもんやな。何もかもお見通しというわけか」

「家に累《るい》が及ばぬようにせんといかんよってにな」

「まあそういうこっちゃ……」

「せめて自分が習い覚えた料理を、親兄弟に伝えておいて……。辛いなあ……」

「好き勝手してきた報いやがな。卯之助にこれほどのものはないという縁談が舞い込んだのや。どうせ、こんなやくざな兄はいりまへんわ」

「由五郎のおっちゃんも、心の内では泣いていると思うで」

「それはわかっておりますわい」

「で、勘当の身となって、隙《すき》を見つけて、懐《ふところ》に忍ばせた出刃で、勘吉を殺すつもりやったのか」

栄三郎は言葉に力を込めた。

さすがに剣術修行を重ねて、命のやり取りをしたこともある栄三郎の語気には、常人とは違う迫力がある。

亥之吉は少し威儀《いぎ》を正して神妙に頷いた。

「それは短慮というものやな」

栄三郎は、一転して笑顔で言った。

「そやけど、あいつはどこまでも卯之助にくらいついて強請るつもりに違いない。下手に役人沙汰《ざた》になったらなったで、〝花福楼〟の旦さんにも知れてしまう。ここは消えてもらうしかないとは思えへんか、栄さん……」

亥之吉は祈るような目で言った。

「さあ、そこやがな。あんな奴は生かしておいたとて何の値打ちもないが、むやみに殺してしもたら亥之はんも罪に問われる。それがあほらしいがな。ここはひとつ知恵を絞《しぼ》って、うまいこと勘吉とおこまを大坂におられんようにしてやろうやないか」

「そら、願ってもないが、栄さん、そんなことができるか」

「まあ任しとき。うちの親父殿はあれこれわしの自慢をして廻っているみたいやけどな。そない誉められたものではないのが秋月栄三郎や。こう見えてもちょっとした脅しはしょっちゅうやっているのやで」

「ほんまかいな……」

「ああ、おあつらえ向きに、今大坂には強い味方がいてるのや。勘吉みたいな小者ならわけもない。この鍋《なべ》の中みたいに、ぐつぐつと知恵が湧《わ》いてきよったわ」

栄三郎は不敵な笑みを浮かべると、河豚の切身をまたひとつ箸《はし》でつまんで美味《うま》そうに食べた。

冷たい風が小屋の戸を叩いた。こんな日に食べる河豚鍋はまた格別なのだ。

六

　勘吉とおこまが暮らす家は、高津宮を南へ少しいったところにある仕舞屋《しもたや》であった。

　周囲は梅林になっていて、かつて老夫婦が茶屋を営《いとな》んでいたのを借り受けて住処《すみか》としているのである。

　案に違《たが》わずこの二人は兄妹ではない。

　淀の船頭崩れと水茶屋女が、やさぐれ同士引っ付いて、よんどころない身となってこの地に流れてきたのである。

　ただ、おこまは二十五になるというのに、拵え次第では十七、八に見える。それを生かして休み処の茶屋娘に入り、勘吉が大事にする初《うぶ》な妹を演じているのだ。

　幸い茶屋を改築した家は、梅林の中にぽつりと建っているので、男女の睦言《むつごと》も聞こえない。兄妹を演ずるにはちょうどよい。

　とはいえ、勘吉の遊び人仲間の間では、二人の仲は周知のことで、

「行かずもらわずの悪兄妹」

で通っていた。

「ほんまに、どこをほっつき歩いてけつかんねん……」

その夜もおこまは、帰らぬ勘吉を想い毒づきながら酒を飲んでいた。

股《また》を割って茶碗《ちゃわん》酒をする姿は、とても昼間の楚々《そそ》とした茶屋娘とは思えない。

すると、戸を叩く者がある。

「どちらさんだす……」

怪訝《けげん》な表情で出てみると、駕籠屋が表に立っていて、

「勘吉さんの家で……」

と問うてきた。家の裏手まで勘吉を乗せてきたが、気分が悪いから降ろせと言われて、そこで別れたが、気をつけてあげてくださいと言うのだ。

「また酔いつぶれてるわ……」

駕籠屋が立ち去ると、おこまは千鳥足で外へ出た。こんなことはよくあるのだ。本当に頭にくる奴であるが、寒空の下、放っておくわけにもいかなかった。

裏手に出ると、勘吉らしき黒い影が屈《かが》み込んで酔いにえずいている。

「こら、何をだらしないことしてるねん……」

傍へ寄った時――。

黒い影は、振り向き様おこまの鳩尾《みぞおち》に拳《こぶし》を突き入れた。

がっくりとその場に倒れたおこまの傍へ、先ほどの駕籠屋がやってきて、おこまを乗せると、南へさして走り出した。


おこまが目を覚ますと、彼女は暗い部屋の中にいた。

燭台《しょくだい》の蠟燭の灯がぼんやりと点《とも》っている狭い一室であった。

「お、おこま……」

そこには縄目を受けた勘吉がいた。

「あ、あんた……」

さっと寄ろうとしたが、おこまの体も縛られていて身動きがままならなかった。

「あ、あんた、これはいったい……」

「わ、わしにもわかれへんのや……」

家への帰り道、勘吉もまた何者かに当て身をくらって、気がつけばここにいたのだという。

「あ、あんたといてたらえらい目に遭うわ。こんな男はもうこりごりや」

「お前、そないにぼろくそに言うことないやろ」

上方者の痴話《ちわ》喧嘩は、事態が切迫していたとてどこかおかしい。

「ふふふ……」

すると、赤と白の般若面を着けた二人の武士が闇《やみ》の中から現れて二人を見下して笑った。

「あ、ああ……」

勘吉とおこまは恐怖に声も出ず、不自由な身を後退《あとずさ》りさせた。

「ふふ、何じゃ、お前らは兄と妹ではなかったか……」

白般若が言った。

その声は秋月栄三郎のもので、これが取次屋のいつもの脅しの手口であることは言うを俟《ま》たない。かつて大坂にいる頃。白般若の面を着けて自分を暴漢から救ってくれた鈴木風来軒を偲び、ここでもこの手を使ったのである。

となると、もう一人の赤般若の武士の正体が気になるところである。

だが、赤般若は黙して語らぬ。

白般若は続ける。

「ふッ、兄と妹を装《よそお》い、どうせよからぬことを企《たくら》んでいたのであろう」

「そ、そんなことは決して……」

図星《ずぼし》を指されて、勘吉はうろたえた。おこまは言葉も出ずにただ俯いている。

「黙れ！　それだけでも生かしておけぬ奴らじゃ……」

「い、命ばかりはお助けを……。いったいわしらが何をしたと言いはりますのや……」

「悪事のさ中に、見てはならぬものを見た。覚えがあろう」

「いや、そんなものは何も……」

「ないと申すか、たわけ者めが！」

「へ、へへ――ッ」

勘吉は畏まったが、何のことかわからない。

というより、覚えなど数え切れぬほどあって、今さらそのどれがいけなかったか、判断に苦しむのである。

だが、その中で、恐らく見てはならないものを見てしまったのであろう。

「た、確かにわしらは、あれこれとよからぬことをして参りましたが、その心当たりは何も思い浮かばんのでございます……」

勘吉は涙ながらに訴えた。

心当たりがないのは当然である。白般若の栄三郎は口から出まかせを言って、ただ脅しているだけなのであるから。

「わては何も知りまへん。この男に脅されてあれこれやらされていただけでございます」

おこまが口を開いた。

「おいおこま、お前、そら何を吐かしてんねや」

これには勘吉も気色《けしき》ばんだ。

「ほんまのこと言うてるだけやないか」

「いつもお前が話を持ってくるねやろが！」

たちまち醜《みにく》い痴話喧嘩が始まり、

「黙れ！」

ついに赤般若が怒鳴った。いかにも強そうな野太い声である。

「まったくもってけしからぬ奴らめ……」

赤般若は、唸《うな》るように言うと、腰の刀を抜き放ち、部屋の障子戸を真っ二つに切断した。

「ひ、ひい……！」

勘吉は叫ぶ声も引きつった。今まで殺伐《さつばつ》とした場には何度も身を置いたが、これほどまでの手並を見たことがなかった。

「真に覚えがないというのか……」

恐怖に震える勘吉とおこまに白般若の栄三郎はつつッと近寄り、彼もまた抜刀するや勘吉の頰《ほお》とおこまの手の甲を軽く斬った。

勘吉とおこまは互いにつつッと流れる血を見て、気を失いそうに怯《おび》えた。

「ほ、ほんとうに心当たりがおまへんのや……！」

「嘘やおません……」

二人の泣き声を聞いた栄三郎は、しばし沈黙の後、

「よし、心当たりがないというのは嘘ではなさそうだ。命ばかりは助けてやろう」

と、静かに言った。

「ほ、ほんまでっか……」

勘吉の声はやはり泣いていた。

「但《ただ》し、この後は大坂を出て行け。さもないと、おれ達は見かけ次第お前達を斬る。逃げられると思うなよ。今付けた傷が目印となって、さっとお前らを捉《とら》まえる。きっとな……」

「は、はい……！」

勘吉とおこまは仲好く返事をした。

その刹那《せつな》、赤般若の刀が二人を斬った。

しかし切れたのは二人の体を縛っていた縄だけであったが、今度もまた仲好く、二人共に昏倒《こんとう》した。

「やれやれ……」

秋月栄三郎は二人を部屋に残して廊下へ出ると白般若の面を取った。

廊下には駕籠屋姿となった亥之吉が、満面に笑みを浮かべながら控《ひか》えていた。必死で笑うのを堪えていたようだ。

栄三郎に続いて出た赤般若も面を取った。

面の向こうから、古武士然とした四十絡みの武士の顔が現れた。

「手島様、またくだらぬことに付き合わせてしまいました……」

栄三郎に頭を下げられたこの武士は、大坂へ来る道中、掛川で旅役者の肩入れをして、宿場の悪を栄三郎と共に糺《ただ》した公儀道中方・手島信二郎であった。

あれから手島と従者の吾助は京での遣いを終え、さらに大坂に立ち寄り、道頓堀に逗留《とうりゅう》していた。

道中奉行から、京、大坂の町を見聞してくればよいとの許しを得ていた手島信二郎は、旅で役者達と出会ったことから、一度芝居を飽きるほど観《み》てみたいと思い立った。江戸では大っぴらに観られぬゆえに、大坂で観るのがちょうどよかったのだが、元来堅物の手島が芝居見物などとは考えられぬことで、それもこれも栄三郎との出会いによるものであった。

そして、住吉の実家に、是非一緒に芝居見物をと認《したた》めた文《ふみ》が送られてきたので、栄三郎、又平は、手島、吾助と再会して、道頓堀での芝居見物を共に楽しんだのだが、この度の取次屋の仕事にも喜んで加わってくれたというわけだ。

「いやいや栄三殿、この度もまたおもしろい座興に付き合えて楽しゅうござったぞ。これであの二人も少しは懲《こ》りたであろう……」

手島の声も弾んでいた。

江戸ならば、剣友・松田新兵衛に付き合わせるべき赤般若がちょうど大坂にいたのは栄三郎にとって幸いであった。

これくらいの小悪党、栄三郎一人で充分ではあろうが、やはり圧倒的な太刀《たち》捌《さば》きを見せられる赤般若は一枚欲しいところなのである。

そこで〝駕籠政〟から駕籠を借りて、亥之吉と又平が駕籠屋に扮《ふん》し、勘吉とおこまをそれぞれ捕えて、高津宮近くの空き家に監禁したというわけだ。

勘吉は頬に、おこまは手の甲に傷を付けてやった。人目につくところに付いた傷は、この後二人に近づく者を警戒させることになろう。

そして、この間抜けな男と女は、空き家の一間で正気に戻った時、醜く言い争いながら、大坂の町から出ていくに違いない。

「亥之吉とやら、栄三殿とは昔馴染と聞いたが、好い友を持ったのう。この先、堅固でな……」

手島は亥之吉に、いかにも彼らしい武骨とやさしさが入り混じった物言いで言葉をかけた。

「おおきに、ありがとうございます……。やっぱりお江戸のお侍はんは、何やしらん立派でおますなあ……」

亥之吉は、どこか憎めぬとぼけた顔を、涙に濡《ぬ》らしつつ深々と頭を下げた。

手島信二郎が、吾助を伴い江戸へ戻ったのはその二日後であったが、またいつか叶《かな》うであろう手島との再会が、秋月栄三郎にとって何よりの大坂土産《みやげ》となった。

そして、亥之吉のその後はというと――。

苦労をかけた父親と弟にまとわりつく悪い虫を密《ひそ》かに追い払い、身は勘当となってそっと旅に出る。

彼が心の内に描いた、そんな男の気障《きざ》は果せなかった。

栄三郎の取次屋としての始末が、そうはさせてくれなかったのだ。

七

翌朝。

件の空き家で目覚めた勘吉とおこまが、互いに罵《ののし》り合いつつ、取る物も取り敢《あ》えず大坂の町から逃げ出していた頃。

亥之吉は、〝こはま〟の奥の一間で、由五郎、卯之助と手を取り合って泣いていた。

手島信二郎と繋《つな》ぎを取り、勘吉、おこまを罠《わな》にかけつつ、栄三郎はその一方で〝こはま〟を密かに訪ね、由五郎の前で卯之助の告白を引き出していた。

元より、いつまでも由五郎に黙っていられなくなった現状を想い、何もかも打ち明けた上で、〝花福楼〟の治右衛門には、

「縁談を頂戴しましたのはありがたいことと存じますが、わたしはそれに相応《ふさわ》しい男ではございませぬ……」

と、断わる決意を固めていた卯之助であった。

栄三郎から、弟の危機を知った亥之吉が、勘吉とおこまを追い払うべく動いている、そして、いざという時に由五郎と卯之助に累が及ばぬようにとの配慮から、わざと勘当を受ける行いに出たのだと聞かされ、卯之助は感涙した。

栄三郎はさらに、自分が江戸のさる御役人と共に亥之吉を助け、勘吉、おこまが二度と卯之助の傍に寄れぬようにしてみせるゆえに安心してくれと励ました。

卯之助は勇気百倍、由五郎の前へ栄三郎と共に出て、己が意思と亥之吉への感謝の意を伝えたのである。

これを聞いた由五郎は、しばらく声も出なかったが、まず栄三郎に深々と頭を下げ、

「よう報せてくれはりましたなあ……。立派になられて、正兵衛はんが自慢しはる気持ちがようわかりますわ」

と、称《たた》えた上で、

「わしはやっぱりあの亥之吉のあほのすることだけはわかりまへんわ。親に勘当を受けてまで卯之助の難儀を救うのが、ええ恰好《かっこう》やと思てますのやろか。わしがそこまでして〝花福楼〟との縁談を望んでいるように見えたんでっしゃろか。卯之助は破落戸《ならずもの》の強請りに負けてしまうような男と違いまっせ。ほんまにあほや……」

と、亥之吉を散々こき下ろしたものの、あほやあほやと言う言葉が次第に涙で震えてくるのであった。

亥之吉は、栄三郎からこの事実を報された時、

「栄さん、そら殺生《せっしょう》やで。今度のことは親父殿と卯之助には言えへんという約束やったがな……」

恰好をつけた身がかえって恰好が悪いと嘆いたが、

「そやよってに言うたやろ。うちの親父殿はあれこれわしの自慢をして廻っているみたいやけど、そない誉められたものではないのが秋月栄三郎や、とな」

そう言ってにっこりと笑われては、もう何も言えず、栄三郎に言われるまま、父と弟に会いに行ったのである。

由五郎は、久し振りに二人の息子と向き合って、幸せな想いに浸《ひた》っていた。

相変わらず由五郎は亥之吉に向かって、

「お前はほんまにあほな奴や」

を連発したが、

「そやけどな、そのあほがわしの自慢や。何よりの自慢や。今すぐにでも、方々に自慢して廻りたい想いやわい」

仕舞にはそう言っておいおいと泣き出した。

言いたいことは山ほどあった。

勘当だと口では言ったものの、まだ何の届けもしていないこと。

栄三郎から、亥之吉と共に悪い虫を追い払ったという事実を報された後、すぐに〝花福楼〟へと出向き、治右衛門に一切合切を打ちあけたこと。

すると、治右衛門はこれを一笑に付し、

「端《はな》から言うてくれはったら何でもない話でおますがな。そんなことくらいでこっちの気持ちは変わりまへんで。それどころか、亥之吉はんの後押しもしとうなりましたがな……」

と、亥之吉を旅に出すな、どこかで亥之吉に店を出させようと、楽しそうに由五郎に言ったこと――。

だが、由五郎は喉《のど》がつかえてなかなか言葉が出ないのだ。

「親父殿……、すんまへん、ほんまにすんまへん……」

亥之吉はどんな言葉も要《い》らなかった。

「お前のあほがわしの自慢や」

その一言があればよかった。

わかり合えぬ父と子は、わかり合えぬままぶつかり合うことで男同士の情を深めていく。それでよいではないか――。

やがて〝こはま〟父子の雪解けは、近所中に広まった。

正兵衛の許にも米屋の喜八が報せに来た。

「何があったかは知らんけど、まあ結構なこっちゃ。そやけど由五郎はんは大変やなあ。そこへいくと、わしのところは正一郎も栄三郎もしっかりしてるよってに、ありがたいこっちゃ」

正兵衛は、これを耳にすると、実に嬉しそうな顔をして、このところお決まりの台詞《せりふ》を、声高《こわだか》に女房のおせいに語ったのである。

――そろそろ江戸へ戻った方がよいか。

栄三郎は、まだまだ達者な正兵衛《ちち》を眺めて思案をしつつ、同じく苦笑いで父を眺める正一郎と顔を見合い、

「兄さん、亥之吉のこと、どこまで親父殿に話したらええのやろな」

「さて、今はまだ何も言わんと、〝こはま〟の様子を見守ってやろうやないか」

などと、小さな声で話し合った。

三十石船

一〇〇字書評

切・り・取・り・線

購買動機（新聞、雑誌名を記入するか、あるいは○をつけてください）	
□（　　　　　　　　　　　　　　　　　）	の広告を見て
□（　　　　　　　　　　　　　　　　　）	の書評を見て
□ 知人のすすめで	□ タイトルに惹かれて
□ カバーが良かったから	□ 内容が面白そうだから
□ 好きな作家だから	□ 好きな分野の本だから

・最近、最も感銘を受けた作品名をお書き下さい

・あなたのお好きな作家名をお書き下さい

・その他、ご要望がありましたらお書き下さい

住所	〒				
氏名		職業		年齢	
Eメール	※携帯には配信できません		新刊情報等のメール配信を 希望する・しない		

この本の感想を、編集部までお寄せいただけたらありがたく存じます。今後の企画の参考にさせていただきます。Eメールでも結構です。

いただいた「一〇〇字書評」は、新聞・雑誌等に紹介させていただくことがあります。その場合はお礼として特製図書カードを差し上げます。

前ページの原稿用紙に書評をお書きの上、切り取り、左記までお送り下さい。宛先の住所は不要です。

なお、ご記入いただいたお名前、ご住所等は、書評紹介の事前了解、謝礼のお届けのためだけに利用し、そのほかの目的のために利用することはありません。

〒一〇一‐八七〇一
祥伝社文庫編集長 坂口芳和
電話 〇三（三二六五）二〇八〇

祥伝社ホームページの「ブックレビュー」からも、書き込めます。
http://www.shodensha.co.jp/bookreview/

祥伝社文庫

三十石船《さんじっこくぶね》　取次屋栄三《とりつぎやえいざ》

平成27年9月5日　初版第1刷発行

著　者　岡本《おかもと》さとる

発行者　竹内和芳

発行所　祥伝社《しょうでんしゃ》

東京都千代田区神田神保町3-3

〒101-8701

電話　03（3265）2081（販売部）

電話　03（3265）2080（編集部）

電話　03（3265）3622（業務部）

http://www.shodensha.co.jp/

印刷所　錦明印刷

製本所　積信堂

カバーフォーマットデザイン　中原達治

ISBN978-4-396-34150-3 C0193

祥伝社文庫の好評既刊

岡本さとる　浮かぶ瀬　取次屋栄三⑦

神様も頬《ほお》ゆるめる人たらし。栄三の笑顔が縁をつなぐ！　取次屋の心にくい〝仕掛け〟に、不良少年が選んだ道とは？

岡本さとる　海より深し　取次屋栄三⑧

「キミなら三回は泣くよと薦められ、それ以上、うるうるしてしまいました」女子アナ中野《なかの》佳也子《かやこ》さん、栄三に惚れる！

岡本さとる　大山まいり　取次屋栄三⑨

ほろっと来て、笑える！　極上の人生劇場。涙と笑いは紙一重。栄三が魅せる〝取次〟の極意！

岡本さとる　一番手柄　取次屋栄三⑩

どうせなら、楽しみ見つけて生きなはれ。じんと来て、泣ける！〈取次屋〉誕生秘話を描く初の長編作品！

岡本さとる　情けの糸　取次屋栄三⑪

断絶した母子の闇を、栄三の取次が明るく照らす！　どこから読んでも面白い。これぞ読み切りシリーズの醍醐味。

岡本さとる　手習い師匠　取次屋栄三⑫

栄三が教えりゃ子供が笑う、まっすぐ育つ！　剣客にして取次屋、表の顔は手習い師匠の心温まる人生指南とは？

祥伝社文庫の好評既刊

岡本さとる　**深川慕情**　取次屋栄三⑬

破落戸と行き違った栄三郎。男は居酒屋〝そめじ〟の女将お染と話していた相手だったことから……。

岡本さとる　**合縁奇縁**　取次屋栄三⑭

凄腕女剣士の一途な気持ちに、どう応える？　剣に生きるか、恋慕をとるか。ここは栄三、思案のしどころ！

坂岡　真　**のうらく侍**

やる気のない与力が〝正義〟に目覚めた！　無気力無能の「のうらく者」が剣客として再び立ち上がる。

坂岡　真　**百《ひやっ》石《こく》手《て》鼻《ばな》**　のうらく侍御用箱②

愚直に生きる百石侍。のうらく者・葛《つ》籠《づら》桃之進が魅せられたその男とは⁉　正義の剣で悪を討つ。

坂岡　真　**恨み骨髄**　のうらく侍御用箱③

幕府の御用金をめぐる壮大な陰謀が判明。人呼んで〝のうらく侍〟桃之進が金の亡者たちに立ち向かう！

坂岡　真　**火中の栗**　のうらく侍御用箱④

乱れた世にこそ、桃之進！　世情の不安を煽り、暴利を貪り、庶民を苦しめる悪を〝のうらく侍〟が一刀両断！

祥伝社文庫の好評既刊

坂岡　真　**地獄で仏**　のうらく侍御用箱⑤

愉快、爽快、痛快！　まっとうな人々を泣かす奴らはゆるさねえ。奉行所の「芥溜《あくただまり》」三人衆がお江戸を奔る！

坂岡　真　**お任せあれ**　のうらく侍御用箱⑥

白洲《しらす》で裁けぬ悪党どもを、天に代わって成敗《せいばい》す！　のうらく侍、一目惚れした美少女剣士のために立つ。

坂岡　真　**崖っぷちにて候《そうろう》**　新・のうらく侍

一念発起して挙げた大手柄。だが、そのせいで金公事方が廃止に。権力争いに巻き込まれた芥溜三人衆の運命は!?

今井絵美子　**夢おくり**　便り屋お葉日月抄①

「おかっしゃい」持ち前の俠《きゃん》な心意気で邪《よこしま》な思惑を蹴散らした元辰巳芸者・お葉。だが、そこに新たな騒動が！

今井絵美子　**泣きぼくろ**　便り屋お葉日月抄②

父と弟を喪《うしな》ったおてるを励ますため、お葉は彼女の母に文を送るが、そこに新たな悲報が……。

今井絵美子　**なごり月**　便り屋お葉日月抄③

日々堂の近くに、商売敵《がたき》・便利堂《べんりどう》が。店衆《たなし》が便利堂に大怪我を負わされ、痛快な解決法を魅せるお葉！

祥伝社文庫　今月の新刊

五十嵐貴久
編集ガール！
新米編集長、ただいま奮闘中！　新雑誌は無事創刊できるの!?

西村京太郎
裏切りの特急サンダーバード
列車ジャック、現金強奪、誘拐。連続凶悪犯VS十津川警部！

柚木麻子
早稲女《ワセジョ》、女、男
若さはいつも、かっこ悪い。最高に愛おしい女子の群像。

草凪　優
俺の女社長
清楚で美しい、俺だけの女社長。もう一つの貌を知り……。

鳥羽　亮
さむらい　修羅の剣
汚名を着せられた三人の若侍。復讐の鬼になり、立ち向かう。

小杉健治
善の焔《ほのお》　風烈廻り与力・青柳剣一郎
牢屋敷近くで起きた連続放火。くすぶる謎に、剣一郎が挑む。

佐々木裕一
龍眼　争奪戦　隠れ御庭番
「ここはわしに任せろ」傷だらけの老忍者、覚悟の奮闘！

聖　龍人
向日葵《ひまわり》の涙　本所若さま悪人退治
洗脳された娘を救うため、怪しき修験者退治に向かう。

いずみ光
さきのよびと　ぶらり笙太郎《しょうたろう》江戸綴《つづ》り
もう一度、あの人に会いたい。前世《さきのよ》と現《うつつ》をつなぐ人情時代。

岡本さとる
三十石船　取次屋栄三
強い、面白い、人情深い！　栄三郎より凄い浪花の面々！

佐伯泰英
完本　密命　巻之六　兇刃《きょうじん》　一期一殺《いちごいっさつ》
お杏の出産を喜ぶ惣三郎たち。そこへ秘剣破りの魔手が……。